노빈손의 판타스틱 우주 원정대

노빈손의 판타스틱 우주 원정대

초판 1쇄 펴냄 2006년 2월 24일
17쇄 펴냄 2018년 10월 20일

지은이 김경주
일러스트 이우일
펴낸이 고영은 박미숙

펴낸곳 뜨인돌출판(주) | 출판등록 1994.10.11.(제406-251002011000185호)
주소 10881 경기도 파주시 회동길 337-9
홈페이지 www.ddstone.com | 블로그 blog.naver.com/ddstone1994
페이스북 www.facebook.com/ddstone1994 | 노빈손 www.nobinson.com
대표전화 02-337-5252 | 팩스 031-947-5868

ISBN 978-89-5807-198-3 03810
CIP2010002846

노빈손의

판타스틱 우주 원정대

●○● 김경주 지음 | 이우일 일러스트

뜨인돌

머리말

달에 발자국을 남긴 자, 최고의 영웅이 되리라

인류는 밤하늘을 바라보며 얼음 도시 같은 달의 공간을 꿈꾸었고, 회색빛 표면에서 보이는 작은 움직임, 알 수 없는 빛의 반짝거림들을 발견하고부터는 오랜 세월 동안 과학적인 의문을 발전시켜 왔다.

1969년 사람이 처음 달의 표면에 발자국을 찍었을 때, 모두 TV 앞에서 입을 벌리고 감탄했다. 상상의 영역이었던 그 곳에 사람의 발길이 닿은 것이다. 우주 공간을 통과해 날아갔다는 것, 무엇보다 영원한 수수께끼로 남을 줄만 알았던 달에 사람이 서 있을 수 있다는 사실이 놀라웠던 것이다. 달에 최초의 발자국을 남긴 사람은 20세기가 낳은 최고의 영웅이 되었다.

척박한 땅, 신비한 달의 뒷면으로 노빈손이 간다!

그로부터 37년, 그 곳엔 여전히 소수 선택받은 몇 명의 발자국밖에 없다. 지구보다 크기가 4배나 작고 중력이 지구의 1/6밖에 되지 않는 작은 자연위성, 지구와 가장 가까운 천체……. 아직까지 밝혀지지 않은 달의 뒷면과 수많은 가설, 그리고 점점 더 깊어지는 과학적 상상력과 미스터리한 이야기들은 우리의 호기심을 무한하게 증폭시킨다.

보름달이 뜨면 사람이 늑대인간으로 변하기도 하고 여우가 사람이 되기도 한다는 달의 전설. 전 세계의 공통된 이 전설은 달에 대한 인류의 오랜 호기심을 보여주는 한 예일 것이다.

공기도 물도 없고, 낮에는 온도가 100℃까지 올라가고 밤에는 영하 150℃로 내려간다는 척박한 땅 달. 모험심이 강한 누군가는 그 곳을 향한 여행을 오래 전부터 꿈꾸고 있었는지도 모른다. 우리의 노빈손처럼, 그리고 왕성한 호기심을 가진 독자들처럼.

달의 위험이 곧 지구의 위험?

전직 FBI 요원 닐 암석드롱과 엉겁결에 우주선에 타게 된 노빈손. 우여곡절 끝에 우주 먼지를 만나 달에 불시착하게 된다. 노빈손과 암석드롱은 지구로 구조 요청을 보낸 장본인이 우주연방 첩보국장 칼레리나라는 것, 달의 위험이 곧 지구의 위험이라는 사실을 알게 되는데…….

달의 뒷면에 있는 도시 카오실리아 공화국의 예기치 못한 상황과 무한히 복제되는 우주 악당 블랙혼의 수하들, 죽어도 다시 일어나는 좀비들, 달의 지하에 숨겨져 있는 거대한 비밀. 노빈손 일행은 이 역경들을 딛고 달과 지구를 구해낼 수 있을까?

책을 엮는 데 불철주야 함께해 준 영주 누님, 풍성한 우주과학 정보를 위해 이메일과 편지 등 많은 도움을 주신 안용찬 박사님, 이정민에게 고마움을 전한다.

2006년 겨울 홍대 작업실에서

김 경 주

차례

1부

정체불명 외국인의 입국
우주 체험관에서 일어난 일
태양계는 어떻게 만들어졌을까?
지구는 어떻게 만들어졌을까?
달은 어떻게 만들어졌을까?

2부

여기가 우주 한가운데라고?
보이죠 호
공포의 우주 먼지를 만나다
드디어 달을 밟다
태양계에는 어떤 행성들이 있을까?

3부

흥분과 기대
그들이 외계인이라고?
달은 지구에 어떤 영향을 끼치고 있을까?
지하 기지에 감금당하다
우주 현상금 사냥꾼을 만나다
돈 쥐어반니의 슬픔
카오실리아 공화국을 구하라
달 탐험 역사
칼레리나 원정대 결성
노빈손과 암석드롱, 외계인으로 변신하다
우주 최고의 패션 트랜드 우주복
우주선이란 무엇일까?
범인 후송 차량을 타고

비의 바다
크레이터 사이를 헤치고
필사의 탈출
디비자 호텔
노빈손 쓰러지다
낭만적인 달밤
달의 지형 살펴보기
달의 바다들
달의 얼굴 크레이터

4부

달의 뒷면으로
언덕 위의 하얀 집
칼레리나의 메시지
감금된 칼레리나
지구도 위험하다
딸릴레이 따를레옹의 등장
발각
혜성을 타고 나타난 점성술사
칼레리나의 공개처형
집행관 옷으로 갈아입고
빛의 돌
식어 버린 다이아몬드
일식과 월식
안도의 한숨
좀비인간
의욕을 잃은 일꾼들
잠입
블랙혼의 야심
노빈손, 블랙혼과 정면승부하다
I will be back!

5부

아름다운 고향 지구로
낯선, 그러나 끝없이 동경하는 외계인 이야기

등장인물 소개

노빈손

더 이상 설명이 필요 없는 우리 시대 최고의 스펙터클 모험대가. '이보다 더 위험할 수는 없다' 라는 TV 프로그램에 나가서 자신의 모험 경력을 5시간 넘게 줄줄 읊을 정도. 특유의 재치와 뛰어난 입담, 아무 때나 다가오는 위급한 상황의 대처 능력은 과거의 맥가이버와 맞먹는다는 소문도 있다. 오랜 여행의 피로로 당분간 휴식을 취하려던 노빈손. 이번엔 지구가 아닌 우주까지 날아가야 하는 상황이 발생하게 되는데…….

돈 쥐어반니

우주 현상금 사냥꾼. 미국의 우주비행사였지만 우주 미아가 되어 인공위성을 타고 우주를 떠돌던 인물. 지구에 수없이 편지를 쓰다가 외로움을 견디지 못해 결국 달에 정착, 카오실리아 공화국으로 귀화 신청을 했다. 우주에 대한 해박한 경험과 지식을 이용해 현상금 사냥꾼을 하면서 우주의 아웃사이더로 살고 있다.

닐 암석드롱

전직 전파사 사장에서 세계 미스터리 사건 추리 공모대회 1등을 수상하며 특채로 미연방우주연구소 NASA 소속 FBI 직원까지 올라간 인물. 우락부락한 근육맨으로 흥분하면 주위의 물건을 마구 집어던지는 버릇을 가지고 있다. X파일에 대해 집요한 관심을 가지고 있던 차, 외계로부터 온 메시지를 받고 우주를 구하기로 결심한다. 무식하다는 소리를 듣는 것을 가장 싫어하고 툭하면 자신의 수사 경력을 들먹이며 황당한 추리를 한다.

칼레리나

카오실리아 공화국의 우주연방 첩보국장. 자나 깨나 우주의 평화를 위해 고군분투하는 정의파. 악을 보면 참지 못하는 특유의 성격 때문에 우주 죄수들을 소송하는 임무를 도맡아 하고 있다. 10세 때 최연소로 무중력 무술 10단을 마스터한 기록을 가지고 있다. 미남을 보면 의외로 소심해지기도 한다.

블랙혼

블랙홀 속에서 태어났다고 전해지는 악의 그림자. 카리스마가 없는 삶은 무의미하다고 생각한다. 누구도 그를 본 적이 없으며 신분도 확실치 않다. 형체가 없고 감정이 극도로 메말라 있다고 전해진다. 그가 지나가고 나면 정서불안이 생기며 우울증이 번진다는 소문이 있다. 퀴즈놀이를 즐기고, 모든 말싸움에서 꼭 이겨야만 하는 장점이자 단점이 있다.

딸릴레이 따를레옹

블랙혼의 수하. 전직 은하철도 공무원이었지만 무임승차하는 승객들을 제대로 관리하지 못해 정리해고되었다. 위성 청소, 오존 땜질, 산소정수기 판매 등 우주의 3D 업종에 종사하다가 고임금의 유혹으로 블랙혼의 수하가 되었다. 단순한 사고 구조를 가지고 있어서 복잡한 생각을 하는 상대방의 혈압을 위험 수위까지 높일 수 있는 것이 특기. 눈물 젖은 별을 보지 않은 사람과는 인생을 논하지 말라는 독특한 철학을 가지고 산다.

신들리메다

집안 대대로 내려온 신기를 잘못 내려 받아 은하계를 통틀어 점괘를 가장 못 맞추는 점성술사. 덕분에 장사가 잘되지 않아 우주선을 마련할 돈이 없는 그는 혜성들을 타고 은하계를 떠돌아다닌다. 천성이 게으른 탓에 한번 돗자리를 깔면 몇 년이고 눌러앉는 특징이 있다. 타인이 잘되는 걸 행복해하는 훌륭한 성품을 가지고 있다.

1부

정체불명 외국인의 입국

2005년 7월 20일 대한민국 영공. 미국에서 출발한 KAL 707 여객기는 미끄러지듯 구름 밑으로 들어갔다. 객실 창밖에는 호젓한 경치가 길게 펼쳐지고 있었다.

"시간이 얼마 남지 않았군."

객실 안 구석자리에서 아까부터 수첩을 뒤적거리던 한 사나이는 조용히 중얼거렸다. 그의 이름은 닐 암석드롱. 검은색 정장을 입은 그는 미연방수사국 요원이다. 그의 수첩엔 한 번 보면 절대 잊을 수 없는 얼굴을 가진 사람의 사진이 들어 있었다. 그는 손에 들고 있던 다트 핀을 사진에 내려꽂았다.

"내 오랜 수사 경력으로 보자면…… 이제 이 녀석만 있으면 돼."

여객기는 영종도의 상공에서 고도를 뚝 떨어뜨려 예정 시간에 인천공항에 착륙했다. 공항 직원은 친절한 표정으로 인사를 했다.

"한국말을 잘하시네요. 즐거운 시간 보내시길 바랍니다."

그는 고개를 끄덕이며 유창한 한국어로 답했다.

"고맙소."

간단한 절차를 거치고 공항 밖으로 빠져 나왔다. 인천의 진회색 하늘에선 옅은 안개비가 내리고 있었다. 그는 커다란 여행 가방을 한 손에 들고 다른 한 손으로는 아까의 수첩을 뚫어져라 쳐다보았다. 그리고는 주머니에서 조그만 녹음기를 꺼내 낮은 목소리로 중얼거렸다.

"2005년 7월 20일 ○○시 △△분. 대한민국 도착. 게임은 시작됐다."

같은 시각, 대한민국 서울. 부스스 내리는 비 사이로 비행기 한 대가 유유히 지나가고 있었다. 노빈손은 하늘을 쳐다보며 늘어지게 하품을 했다. 그의 손엔 '미라클우주여행센터'에서 보내온 우편물이 들려 있었다.

"대체 이게 뭐지?"

노빈손은 설레는 마음으로 우편물을 뜯어 보았다. 두툼해 보이는 봉투 안에는 우주 체험관의 설명을 곁들인 책자와 함께 초대권이 한 장 들어 있었다. 얼마 전, '미라클우주여행센터' 홈페이지에서 우주

우주는 어떻게 태어났을까

우주도 처음에는 하나의 점이었다고 한다. 원자보다 더 작은 입자에서 급격하게 팽창하면서 우주가 시작되었다고 주장하는 '빅뱅(big bang)' 이론은 현재까지 우주의 탄생을 가장 구체적으로 말하고 있다. 그러나 그 입자가 어떻게 생겨났는지, 팽창하는 이유가 무엇인지는 아직 정확하게 밝혀지지 않았다. 열심히 팽창하다가 어느 순간 멈추고 우주가 조그맣게 줄어들어 모든 물질이 하나로 뭉치는 '대충돌'이 일어날 것이라 예견하는 이론도 있다. 우주의 시작과 끝, 그 비밀은 언제쯤 밝혀질까. 수많은 우주과학자들의 관측과 가설은 오늘도 쉼없이 이어지고 있다.

과학 상식 퀴즈대회를 열었는데 노빈손이 어처구니없게도 결승에 진출, 2등의 영예를 거머쥔 것이었다. 이번 대회는 1등에게 우주여행 티켓이 주어지는, 아주 큰 대회였다. 2등부터는 우주 체험관 평생 이용권을 주는데 어쩌다가 잘 찍었는지 2등이라는 쾌거를 이룬 빈손은 기뻐하면서도 결과가 믿기지 않았다. 방학 기간이라 할 일 없이 뒹굴던 노빈손에게는 시간을 때울 수 있는 절호의 기회이기도 했다.

'엄청 시원하겠지?'

노빈손은 에어컨이 빵빵하게 나오는 전시관에서 시원하게 하루를 보낼 생각을 하니 벌써부터 얼굴에 화색이 돌았다.

우주 체험관에서 일어난 일

2층으로 이루어진 체험관은 신기한 것들로 가득 차 있었다. 본관인 1층에는 실제 우주를 다녀온 우주선과 인공위성의 모형, 달의 암석, 위성에서 촬영을 한 사진 등 노빈손이 평소 궁금해했던 여러 가지 자료들이 사방에 즐비하게 전시되어 있었다. 여러 연예인의 관람 사진도 노빈손의 흥미를 돋우기에 충분했다. 천체망원경이 설치되어 있는 2층에선 실제로 우주의 별을 관람할 수 있게끔 되어 있었다.

"우와, 이건 실제 모형이잖아? 타볼 수 있게 되어 있으면 좋으련만."

노빈손은 아쉽다는 듯 아폴로 11호의 모형을 만지작거렸다.

아폴로 11호

1969년 7월 20일 미국의 아폴로 11호가 인류 역사상 최초로 달 착륙에 성공했다. 아폴로 11호 이전에 쏘아 올려졌던 로켓들은 달의 사진을 찍어 오거나 달 주위를 도는 정도의 수준이었다. 아폴로 11호를 탔던 암스트롱과 올드린 두 우주비행사는 달 표면 '고요의 바다'에 첫발을 내디딘 인간이 되었다.

"멋지지? 달에 가고 싶지 않니?"

노빈손은 갑자기 들려온 묵직한 소리에 놀라서 뒤를 돌아보았다. 검은색 정장을 입은 덩치 큰 외국인이 노빈손을 향해 매서운 눈빛을 보내고 있었다.

"후…… 후? 후아유?"

"한국말로 해도 된다. 내 오랜 수사 경력에 따르면…… 너의 입은 영어를 잘할 수 있는 구강구조가 아니야. 난 한국말을 잘하거든. 난 닐 암석드롱이라고 한다."

"닐 암스트롱?"

"닐 암스트롱이 아니라 닐 암석드롱이야."

"어쨌거나 이름이 비슷한 걸 보니, 유명하신 그 분과 무슨 관계가 있나 보죠?"

노빈손은 두 눈을 반짝이며 물었다. 그러나 아무런 관계가 없다는 암석드롱의 말에 노빈손은 실망스러운 표정을 감출 수가 없었다.

" 내 오랜 수사 경력에 따르면…… 넌 무지 여행을 좋아할 거 같애."

암석드롱은 아폴로 11호를 설명하는 표지판을 들여다보다가 긁힌 자국을 만져 보다가 이리저리 산만하게 구는 노빈손을 툭 치며 물었다.

"어떻게 아셨어요? 여행, 하면 이 노빈손이죠."

"그래서 말인데, 이 멋있는 아저씨와 함께 갈 곳이 있다."

"예?"

노빈손은 여행이라는 말에 귀가 솔깃해졌다. 그렇지 않아도 방학을 한 후, 집에서 빈둥거리며 만화책을 보는 것이 유일한 낙이었기 때문이다.

"그래, 여행. 내 오랜 수사 경력에 따르면, 너는 그곳에 갈 수밖에 없어."

"어디로요?"

"우주. 스페이스(space)~. 그 중에서도 달, 문(moon)!"

"달이요? 하늘에 보이는 그 달?"

노빈손은 의심스러운 눈초리로 암석드롱을 쳐다보았다. 세상에, 달이라니. 우주로 가려면 우주선을 타야 하는데. 우주비행사가 되지 않고서는 우주선을 탈 수 없다고 알고 있던 노빈손이었다. 자신을 암석드롱이라고 소개한 이 남자는 아마도 제정신이 아닌 사람이거나 일부러 장난을 치고 있는 것이 분명했다. 게다가 툭하면 '내 오랜 수사 경력'을 운운하면서 이상한 소리만 하지 않냐고. 암석드롱이라는 이름도 그저 웃기라고 지어낸 거 아닐까?

"미라클우주여행센터 퀴즈대회에서 1등만 했어도……. 이제 전 기회가 사라진 거라구요. 그런 허무맹랑한 소리는 믿지 않을래요."

"이건 진짜야, 빈손아. 달로 갈 수 있어."

"그리고 처음 보는 사람을 어떻게 믿어요?"

"어떻게 믿긴, 내 오랜 수사 경력에 따르면…… 철석같이 믿어야지."

노빈손은 고개를 절레절레 흔들며 암석드롱을 뒤로하고 우주 체험관을 빠져나갔다. 암석드롱은 노빈손의 뒷모습을 보며 녹음기를 꺼내 조그마한 목소리로 중얼거렸다.

"지구를 지켜라 프로젝트 넘버 투. 여기는 우주 체험관. 노빈손을 설득하는 것에 실패. 이제 방법은 하나뿐이다."

태양계는 어떻게 만들어졌을까?

지구를 포함한 8개의 행성이 태양을 중심으로 한 가족을 이루고 있는 태양계는 언제, 어떻게 생겨났을까? 과학자들마다 의견이 분분한데 최근 가장 널리 인정받고 있는 이론을 중심으로 태양계의 형성 과정을 알아보자.

★초신성의 대 폭발

지금으로부터 약 46억 년 전, 우리 은하계 중심에서 멀리 떨어진 곳에서 초신성이 대 폭발을 일으켰다. 별이 폭발하면서 엄청난 에너지의 빛을 뿜어내는 초신성의 특징 때문에 많은 양의 먼지와 가스 등의 성간 물질이 우주에 남았다. 또한 이때 발생한 엄청난 충격파는 주위의 성간 물질을 한곳으로 모으는 역할을 했다.

초신성 별은 일생의 마지막 단계에서 순간적으로 엄청난 에너지를 방출하여 평소보다 수억 배의 밝기를 낸 후 서서히 어두워지면서 사라지는데, 이것이 마치 새로운 별이 생겼다가 사라지는 것처럼 보이기 때문에 '초신성'이라고 부른다.

· 성간 물질(星間物質): 별과 별 사이의 공간에 존재하는 물질을 말한다.

★원시 태양의 형성

성간 물질들은 점점 한곳으로 모여들어 거대한 덩어리를 형성하기 시작했다. 이 덩어리들은 빙빙 회전을 하면서 주변의 가스와 먼지를 흡수하여 커져 갔다. 덩어리의 중심부에 가장 큰 덩어리가 형성되었는데 이것이 나중에 원시 태양이 되었다. 원시 태양은 가스와 먼지를 점점 더 많이 흡수했고, 강력한 중력의 작용으로 뜨거워졌다. 그러다가 태양 중심에서 핵반응이 일어나면서 빛이 나기 시작, 드디어 태양이 태어났다.

★태양계 행성들의 탄생

원시 태양 주위를 회전하던 성간 물질들은 얇은 원반 모양을 이루었고, 군데군데 크고 작은 미행성체들을 형성하기 시작했다. 미행성들 중 작은 것들은 큰 것들을 중심으로 서로 충돌하고 합쳐져 태양계를 이루는 8개의 행성으로 진화했다.

미행성 성간 물질을 이루는 입자들끼리 함께 뭉쳐져 자체의 중력으로 큰 덩어리를 이루는데, 이러한 덩어리들을 '미행성'이라 한다.

지구는 어떻게 만들어졌을까?

지금까지 밝혀진 연구 내용을 중심으로 본다면, 지구가 형성된 과정은 다음과 같이 다섯 단계로 구분할 수 있다.

① 미행성 충돌 – 지구가 형성될 무렵 태양계에는 수많은 미행성들이 충돌하여 작은 원시 지구가 만들어졌고, 계속되는 미행성의 충돌로 그 크기가

점점 더 커져 갔다. 어느 정도 크기가 커지자 자체 중력을 가지게 되었으며, 이 중력에 이끌려 더 많은 미행성들이 원시 지구 표면에 충돌했다.

② 마그마의 바다 – 미행성들의 충돌은 지구 표면의 열을 발생시켰고, 이때 형성된 수증기는 온실 효과를 일으키며 지구의 온도를 계속 높였다. 또한 지구 표면은 마그마의 바다로 뒤덮였다.

③ 맨틀과 핵의 분리 – 마그마의 바다가 만들어진 후, 철이나 니켈과 같은 무거운 금속 성분은 아래로 가라앉아 지구의 중심이 되는 핵을 형성하고, 나머지 가벼운 물질들은 위로 올라가 원시 지구는 원시 대기, 맨틀, 핵의 층상 구조를 이루게 되었다.

④ 원시 지각과 바다의 형성 – 미행성의 충돌이 뜸해지자 지표의 온도가 점점 내려가 식으면서 얇은 지각이 형성되었고, 수증기는 구름을 만들어 비를 내렸다. 비가 되어 내린 물은 낮은 곳으로 모여들어 바다를 형성했다.

⑤ 대기의 형성 – 지구 전체에서 일어난 화산 활동으로 분출된 수소, 메탄, 암모니아, 수증기 등은 지구의 대기를 형성했는데, 이 중 질량이 가벼운 수소는 대부분 지구 밖으로 나갔다. 시간이 지난 후 메탄과 암모니아로부터 이산화탄소와 질소가 만들어졌으며, 한참 후에 산소가 생겼다.

★지구의 나이는 몇 살일까?

지구의 나이는 대체로 약 46억 년쯤 된다고 과학자들은 말한다. 그들은 왜 지구의 나이를 46억 년쯤 된다고 생각할까?

'방사성 동위원소에 의한 연대 측정' 이란 방법으로 지구의 나이를 측정하는 것이 가장 일반적이다. 공룡의 기원도 이 방법으로 화석을 분석해서 밝혀냈으며 현대에는 이 방법을 의료 검사에 사용하기도 한다.

또한 지구에서 가장 오래된 암석과 달에서 채취한 암석, 혜성이나 유성의 물질, 태양의 스펙트럼을 조사해 보았을 때 나온 수치가 38~46억 년 사이. 지구의 연대가 46억 년쯤 된다는 것은 여러 가지 암석과 지질을 분석하여 나온 수치이다.

달은 어떻게 만들어졌을까?

해마다 음력 8월 15일이면 밤하늘에서 휘영청 밝게 빛나는 보름달을 볼 수 있다. 그 달엔 계수나무가 있고 옥토끼가 살고 있다고 믿었던 전설은 1969년 인류가 달에 직접 착륙하여 아무 생명체도 살고 있지 않다는 사실을 밝혀내면서 상징으로만 남았다. 또한 달 착륙은 달에 대한 많은 의문점을 밝힐 수 있었다. 그렇다면 우리는 달에 대해 모든 것을 알고 있을까?

달은 지구의 운동에 많은 영향을 끼치고 있다. 밀물과 썰물이 대표적인 예. 지구와 가장 가까운 행성, 달에 대한 연구는 매우 중요하다. 과학자들은 오랜 세월 달이 어떻게 만들어졌는가에 대해 의문을 품고 연구해 왔다. 그러나 아직도 정확한 답을 찾지 못하고 있고, 다음과 같은 4가지 다른 생각을 가지고 있다.

① 분열설 - 달의 생성 과정을 연구하던 초기의 과학자들은 달은 지구의 일부분이 분열되어 만들어졌다고 하는 분열설을 주장했다. 분열설은 지구와 달이 부모와 자식의 관계에 있다 하여 '친자설' 이라고 부르기도 한다.

문제점 최근의 연구에 따르면 원시 지구의 핵이 형성될 때, 지구가 아무리 빠른 속도로 자전했다 하더라도 표면 물질이 지구 밖으로 떨어져 나가는 것은 물리적으로 설명이 불가능하다는 것이 입증되었다.

② 직접설 - 처음부터 달은 지구와 함께 만들어졌다는 이론인데, 다른 말로는 '형제설' 이라고 한다.

문제점 지구와 달이 공통적으로 가지고 있는 각 운동량으로는 달이 미행성들의 충돌로 지구와 같이 만들어졌다는 사실을 설명하지 못하고 있다.

③ 포획설 - 외계의 어떤 천체가 우연히 지구에 접근했다가, 지구의 중력에 이끌려 지구의 위성이 되었다는 생각이다. 달이 지구에 의해 포획되었다고 하여 '포획설' 이라 부른다.

문제점 아폴로 우주선이 달을 탐사한 결과 달을 구성하고 있는 물질의 대부분이 지구와 거의 같았다. 따라서 달이 외계에서 온 천체라는 포획설은 인정하기 어렵다.

④ 충돌설 - 지구가 처음 만들어질 무렵, 원시지구가 화성 정도 크기의 미행성과 비스듬하게 충돌하면서 지구의 맨틀 일부가 날아간 파편이 모여 달이 만들어졌다는 생각이다.

· 최근에 원시 지구에 화성 크기의 행성을 충돌시키는 가상 시뮬레이션을 실시해 본 결과, 아주 그럴듯하게 달이 만들어지고, 또 달이 지닌 특징도 잘 설명되었다. 따라서 현재는 충돌설이 가장 유력한 달 생성 이론으로 자리잡고 있다.

2부

여기가 우주 한가운데라고?

"으음……."

노빈손은 머리에 극심한 통증을 느끼며 눈을 떴다. 눈살을 찌푸리며 손으로 눈을 가렸다. 갑자기 쏟아져 들어온 강한 빛 때문이었다.

'내가 죽은 건가? 여기는 어디야? 혹시 천국?'

노빈손은 실눈을 뜨고 주위를 둘러보았다. 가만, 무슨 일이 일어났지? 의식을 잃기 전 상황이 어렴풋이 떠오르는 것도 같았다. 초대권을 들고 갔던 우주 체험관. 그리고 달로 가자며 계속 꼬드기던 검은색 정장의 닐 암석드롱. 그리고 집으로 돌아오는 길까지……. 도대체 지금 내가 어디에 있는 거지?

멍한 기분으로 주변을 둘러보던 노빈손은 놀라지 않을 수 없었다. 자신의 몸이 허공에 두둥실 떠 있는 것이 아닌가. 게다가 입고 있던 옷은 온데간데없이 사라지고 우주비행사들이나 입을 법한 우주복이 입혀 있었다.

"으악……! 내가 꿈을 꾸고 있는 건 아니겠지? 누구 없어요?"

그 순간, 귀에 꼽힌 이어폰에서 고함소리가 쩌렁쩌렁 울렸다.

"조용히 해! 휴우…… 귀청 떨어지는 줄 알았네. 내가 있으니까 걱정하지 마."

'어라, 누구지?'

노빈손은 목소리의 주인공이 누구일까 곰곰 생각해 보았다. 체험관을 나가고 난 후로 전혀 기억이 없으니……. 노빈손은 달에 가자며 자신을 꾀던 암석드롱의 모습이 희미하게 떠올랐다. 날 어떻게 해서 여기까지 데리고 온 거지? 만약 이곳이, 정말로 이곳이 우주라면 도망갈 수도 없는 노릇이고, 완전히 꼼짝 마라잖아?

"저기, 설마 여기가 우, 우주는 아니겠죠?"

"흐흐, 내 오랜 수사 경력에 의하면, 우주 맞아. 네가 입고 있는 옷을 봐. 우주복이잖아?"

"으아악…… 말도 안 돼! 제가 우주선엔 왜 타고 있는 거예요?"

"내 오랜 수사 경력에 의하면, 네가 너무 타고 싶어하는 것 같아서 말야."

"제가요? 그런 기억이 없는데……."

노빈손은 꿈이었으면 좋겠다는 생각에 팔을 세게 비틀어 보았다.

"아얏! 분명히 꿈은 아니잖아."

정신을 차리고 노빈손은 꼼꼼히 우주선을 둘러보았다. 타원형으로 생긴 우주선의 희고 밋밋한 벽면에는 단추처럼 생긴 버튼이 어림잡아 수십 개는 있어 보였다. 암석드롱의 목소리는 이어폰을 통해서만 들려올 뿐 어디에도 보이지 않았다.

"그런데 아저씨 어디 계세요? 보이지가 않아요."

"난 조종석에 있다."

"조종석으로 어떻게 가요?"

"주변에 세탁기 구멍 같은 것이 있을 거다. 그 옆에 있는 빨간색 버튼을 눌러라."

노빈손은 공중을 오고가며 주위를 살펴보았다. 부자연스러운 우

무중력 상태에서 일어나는 신기한 일들

중력과 마찰력의 관계에서 자유로운 무중력 상태에선 여러 가지 신기한 현상들이 나타난다. 우주인이 서랍을 열면 서랍은 열리지 않고 몸이 끌려 가고, 드라이버로 나사못을 돌리면 나사못은 돌지 않고 사람이 돌아가게 된다. 중력의 공간에서 물방울은 떨어질 때 위쪽이 약간 뾰족한 모양이 되고 바닥에서는 평평한 모양이지만 무중력 상태에서는 완전한 구의 모양을 하고 있다. 또한 몸이 기울거나 뒤집혀도 그것을 느낄 수 없다.

주복을 입어서인지 움직이는 게 쉽지 않았다. 몸도 마음대로 움직여 주는 것이 아니었고 무엇보다 그 속도가 너무 느렸다. 노빈손은 헤엄치듯 간신히 팔을 움직여 사람 한 명 정도 지나다닐 수 있을 법한 구멍으로 향했다.

기리리릭……. 버튼을 누르자 둔탁한 소리를 내며 문이 양쪽으로 열리기 시작했다. 문 안쪽에는 우주복을 입은 채 등을 돌리고 앉아 있는 닐 암석드롱의 모습이 보였다.

그는 정체불명의 두꺼운 책을 뒤지고 있었다. 조종석의 앞쪽으로 커다란 창들이 동그랗게 뚫려 있고 위쪽으로는 수십 개의 버튼이 질서정연하게 배치되어 있었다. 우주 체험관에서 보았던 아폴로 11호 우주선 내부 사진과 비슷했다. 하지만 왠지 암석드롱의 우주선은 훨씬 더 넓어 보였다.

"우아!"

우주선 내부를 살펴보던 노빈손의 눈이 휘둥그레졌다. 암석드롱이 앉아 있는 조종실의 옆 창문으로 우주의 모습이 내다보였기 때문이다.

"노빈손 군, 보이죠 호에 탑승하게 된 걸 축하하네."

씩 웃으며 노빈손을 쳐다보는 암석드롱의 표정에는 뭔가 꿍꿍이가 있어 보였지만 노빈손은 믿기지 않는 듯 몽롱한 시선으로 창 밖을 향해 눈길을 돌렸다.

"창 밖의 풍경들이 3D 화면이 아니고 정말 우주란 말이에요?"

"흐흐 내 오랜 수사 경력에 의하면, 확실하단다. 내가 분명히 말했지? 우린 진짜 우주에 갈 수 있다고."

"그러면 우리가 있는 곳도 모형이 아니고 진짜 우주선?"

"지구라면 우린 지금 허공에 떠 있지 않고 걸어 다니겠지."

"으악, 말도 안 돼. 입을 옷도 안 챙겨왔는데."

"걱정마라. 우주비행사는 단벌 신사란다."

"지구로 돌아갈 계획은 없으세요?"

"그건 안 돼. 내 오랜 수사 경력에 의하면, 우린 이미 지구하고 엄청나게 멀어졌거든."

"아저씨가 FBI라고요?"

"그래."

"그러니까 아저씬 FBI 요원이고, FBI에서 실현 불가능하다는 프로젝트를 지금 혼자 도전하고 있는 거다, 그 말이죠?"

"FBI에서 어떤 암석을 발견했는데, 결국 누군가의 장난이라 생각하고 포기한 거야."

"암석? 장난?"

"일단 보여주마."

암석드롱은 조종석으로 가더니 이상한 유리구슬과 뒤적이고 있던 두꺼운 책을 들고 왔다. 그리고 유리구슬을 노빈손 앞에 내밀었다.

"이게 뭐죠?"

"이게 아까 말한 암석이야. 달에서 떨어진 물건이지."

"달에서요?"

"응. 내 오랜 수사 경력에 의하면, 구조요청이 분명해."

"무슨 소리에요. 아저씨, 자다 봉창 두드린다는 말 들어 봤어요?"

노빈손은 암석드롱이 도무지 무슨 말을 하는지 알 수가 없었다. 암석드롱은 이번엔 두꺼운 책을 노빈손에게 보여주었다.

"이건 또 뭐죠?"

"외계어 백과사전."

갈수록 태산이었다. 암석드롱은 갑자기 백과사전을 활짝 펼치더니 뭔가를 열심히 찾기 시작했다. 사전 안에는 말숙이의 삼촌이 이라크를 다녀와서 말숙에게 주었다는 아랍어 만화책에서 보았던 지렁이 같은 글씨체들이 빼곡히 적혀 있었다.

"자, 유리구슬 속의 문장과 이 문장을 비교해 보라고."

"에이, 유리구슬에 글씨가 어디 있어요?"

"농담이 아니다. 자, 구슬 안을 자세히 한번 보도록."

노빈손의 눈앞에 암석드롱이 구슬을 갖다 대자 구슬 안에서 이상한 광채가 뿜어 나오기 시작하더니 백과사전에 적힌 모양의 글씨와 비슷한 글씨들이 선명하게 드러나기 시작했다.

"어라? 갑자기 글씨들이……?"

"외계어다."

"외계어요? 뭐라고 적혀 있는 건데요?"

"내 오랜 수사 경력으로 풀이하자면 '지구가 위험하다'라는 뜻이다. 뒤에 다른 말들이 있긴 하지만 정확한 해석은 아직 불가능하지. 하지만 달에서 어떤 메시지가 온 것만은 확실해."

"FBI에서는 왜 포기한 거예요?"

"여러 가지를 생각한 것이지. 출처가 분명하지도 않은 이 암석덩어리 하나를 가지고 우주선을 쏘아 올린다는 것은 위험 부담이 크지. 막대한 예산이 들어가는 일이거든. 그리고 조사해 본 결과 지구가 위험해질 만한 특이사항이 우주에서 발견되지 않았어."

"아저씨는 왜 그렇게 골치 아픈 일을 다시 하려고 그러세요? 게다가 왜 죄없는 저는 끌어들이고 그러시냐구욧!"

우주 미아

보이저(Voyager)호

미국 항공우주국(NASA)이 태양계 외각에 위치한 목성·토성·천왕성·해왕성 등 행성의 탐사를 위하여 발사한 무인 우주선이다.

NASA의 보이저 계획에 따라 보이저 1호는 1977년 9월에 발사되었고 지름길을 택하여 목성(1979. 3), 토성(1980.11)을 거쳐 곧 태양계를 벗어났다. 보이저 2호는 1977년 8월에 발사되어 목성(1979. 7), 토성(1981.8), 천왕성(1986.1), 해왕성(1989. 8) 탐사를 마치고 우주 미아가 되었다. 그러나 원자력 동력원이 고갈되는 2020년까지는 우주에 관한 자료를 계속 보내도록 되어 있다.

"우주를 자주 왕복하셨던 나의 할아버지께서 돌아가시기 직전에 이 유리구슬을 내게 주시며 하셨던 말씀이 있었지."

"그게 뭔데요?"

"우주에서 온 메시지가 유리구슬에 담겨 있다고. 떨어진 이 구슬을 버지니아 주 어느 시골에서 발견하고 메시지를 해독하는 일에 평생을 바치셨지. 할아버지가 이 메시지를 전부 해독한 순간, 너무 흥분하신 나머지 지병이 도지신 거야. 그래서 그만……."

"할아버지께서 우주비행사이셨어요?"

"아주 훌륭하신 우주비행사이셨지. 언제까지나 비공식적이지만."

"비공식적?"

"직접 우주선을 만들어 우주를 여행하셨기 때문이지."

"우주선을 직접 만드셨다고요?"

"그래. 이름하야 '보이죠' 호!"

노빈손은 머릿속이 혼란스러웠다. 마치 꾸어서는 안 될 꿈을 꾸고 있는 듯했다.

"우주를 자주 왕복하셨던 나의 할아버지께서 똘똘한 조수를 구해 달에 가서 이 메시지의 의미를 밝히라는 유언을 남기셨다. 마침 '미라클우주여행센터' 홈페이지를 접속한 순간…… 우주과학 상식 퀴즈대회에서 1등한 사람을 미라클우주여행센터의 후원으로 지표면 100km 상공 준궤도 우주 비행을 시켜 준다고 하는 공고를 보았지. 내 오랜 수사 경력에 의하면, 안타깝게 2등을 한 네가 우주여행을 하고 싶어 하리라 확신했다. 네가 좀 멍청해 보이지만 의외로 천재들이 너 같은 마스크가 많거든. 그래서 널 선택했다."

노빈손은 암석드롱의 말은 듣지도 않고 동그랗게 뚫려 있는 우주선의 창문을 통해 밖을 내다보았다. 우주의 하늘은 신비한 아름다움을 간직하고 있었다. 검은 바다같이 잔잔하게 뒤척이는 우주의 하늘엔 무수하게 많은 별들이 제각기 크고 작은 빛을 흩뿌리며 총총히 떠 있었다. 지구로 돌아가고 싶은 마음이 굴뚝같았지만 한편으로는 눈앞에 펼쳐져 있는 우주의 풍경이 노빈손의 마음을 설레게 하고 있었다.

무중력에 서서히 적응이 된 노빈손은 천장에 거꾸로 매달렸다. 노빈손은 얼마 지나지 않았는데 무중력 안에서 우주복을 입고 자유롭게 움직이고 있다는 사실에 놀라고 있었다. 자신의 타고난 적응력을 속으로 은근히 자부하고 있던 터였지만 이 정도일 줄이야. 어차피 원치 않게 온 우주였지만 당장 돌아가기 힘든 거라면 실컷 우주 구경이나 하고 돌아가자는 생각이었다. 우주는 아무나 오나? 노빈손은 갑자기 어깨가 으쓱해졌다. 그리고 무슨 소리인지 몰라도 줄곧 자신의 계획에 열중하고 있는 암석드롱의 모습을 보니 더 따져 물어 봐야 통할 것 같지 않았기 때문이다.

꼬르륵 — .

"이게 어디서 나오는 소리지?"

그러고 보니 얼마나 지났는지는 모르겠지만 노빈손은 우주 체험관을 가기 전부터 지금까지 아무것도 먹지 못했다는 것을 깨달았다. 우주에서는 팩이나 알약 같은 걸로 음식을 대신 하지 않을까? 영화에서 보면 그렇던데…….

노빈손은 허기가 심하게 밀려오는 것을 겨우 참으며 암석드롱에게 다가가 물었다.

"아저씨, 뭐 먹을 거 없을까요? 며칠은 굶은 거 같아요……."

"우주선 안에 있는 식량은 맘껏 먹어도 돼! 내 오랜 수사 경력으로도 먹을 게 어디 있는지 모르겠다는 게 문제긴 하지만."

암석드롱은 조종판에서 눈도 떼지 않고 심드렁하게 말했다.

허걱. 이게 웬 말인가. 우주선에 태운 사람이 먹을 게 어디 있는지 모른다는 게 말이 되는 거야?

"아저씨가 모르면 누가 알아요?"

암석드롱은 어깨를 으쓱하며 자기를 따라오라는 손짓을 하고 조종실을 나섰다. 노빈손이 깨어났던 반대편 방향으로 들어서니 두 명이 겨우 다닐 만한 좁은 통로가 있었다. 길 양쪽으로는 아까 보았던 모양의 버튼들이 나열되어 있고 암석드롱은 버튼 하나하나를 유심히 보다가 고개를 갸우뚱거리며 복도를 지나쳤다.

이걸 누르면 또 다른 방으로 연결되는 건가? 노빈손은 무심결에 옆에 있는 버튼을 살짝 눌러보았다. 순간 삐— 소리가 나며 벽에서 컨테이너 하나가 튀어나왔다.

암석드롱은 갑작스런 기계음에 깜짝 놀라 뒤를 돌아보았다.

"버튼 아무거나 누르지 마! 우주선 밖으로 튀어 나갈 수도 있……."

다행히도 튀어나온 컨테이너에는 비닐로 된 팩들이 즐비하게 들어 있었다. 팩의 겉면에는 음식의 이름이 쓰여 있었는데 밥, 스테이크, 카레, 자장, 오렌지주스, 포도주스 등 메뉴가 다양했다.

우주 대체 음식은 아직 개발되지 않은 걸까? 아니면 이 우주선이 워낙 오래되어서일지도 모르지. 노빈손은 정신없이 음식을 고르기 시작했다. 닐 암석드롱도 은근히 배가 고팠는지 알게 모르게 자신이 먹을 걸 주섬주섬 챙기고 있었다. 노빈손과 닐 암석드롱은 어느새 두 손 가득히 팩으로 된 음식을 들고 행복해하고 있었다.

우주선 안에서 먹는 음식은?

우주여행 초기의 음식은 주로 튜브 식으로 되어 있었다. 음식에 빨대를 꽂아서 빨아먹는 것이다. 지금은 우주선에서 다양한 음식을 즐길 수 있도록 72가지의 음식이 제공된다. 과일과 야채를 보관하는 냉장고도 있고, 콘플레이크는 건조우유가 첨가되어 있어서 물만 부으면 된다. 그럴 듯하게 상을 차려서 먹을 수 있지만 조심조심 먹지 않으면 음식들이 둥둥 떠다니는 불상사를 겪게 된다. 음료수는 튜브에서 총 모양의 통으로 발전했다. 물론 빨아먹는 건 그대로이지만.

"내 오랜 수사 경력에 의하면, 역시 내가 널 데리고 오길 잘했다니까. 모험의 제왕답다, 노빈손. 대단한걸!"

노빈손은 암석드롱의 칭찬을 듣는 둥 마는 둥 우물우물 먹기에 열중하고 있었다. 우주 음식은 나름대로 입맛에 잘 맞았다.

암석드롱과 노빈손은 포만감으로 가득 찬 배를 쓰다듬으며 한참

우주선에서 대소변을 어떻게 볼까?

우주선에서는 소변은 흡입기를 사용해서 우주 바깥으로 빼낸다. 우주 가운데 소변이 둥둥 떠다니면 어떻게 하냐고? 우주 공간은 절대 온도에 가깝기 때문에 소변은 배출되는 순간 얼음 결정체로 변한다. 그렇다면 대변의 경우에는 어떻게 할까? 대변은 봉투에 넣어서 보관한다. 그리고 지구로 다시 가지고 와 우주생활과 음식에 대한 실험을 하는 데 사용한다.

동안 공중을 둥둥 부유하고 있었다. 그렇게 몇 시간이 지났을까. 노빈손은 무엇인가 생각난 듯이 혼자 중얼거리기 시작했다.

"으으……. 아까 포도주스를 너무 많이 마셨나?"

노빈손은 방광으로부터 올라오는 신호에 몸을 부르르 떨었다. 암석드롱이 알려준 대로 깔때기 모양의 조그만 소변기를 들고 화장실로 향했다.

"아~ 시원해! 십 년 묵은 체증이 쭈욱 빠지는 거 같네."

노빈손은 혼잣말을 중얼거리면서 무심결에 창 밖을 바라보았다. 창 밖은 자신이 본 소변으로 만들어진 수백만 개의 미세한 얼음 결정으로 가득 차 있었다. 그 결정들은 태양빛을 받아 일곱 가지 색으로 빛나면서 형용할 수 없을 만큼 아름다운 장면을 연출했다. 노빈손은 눈앞에 펼쳐지는 장관을 할 말을 잃은 채 바라보았다.

공포의 우주 먼지를 만나다

우주선은 어둠 속을 항해하는 배처럼 우주를 떠다녔

지만 어디로 가는지 분간이 가지 않았다. 이곳이 배 안이라면 나침반이라도 사용할 텐데. 혹시 탐험만 하면 난파되거나 추락하는 징크스가 우주에서도 일어나는 건 아니겠지? 노빈손은 갑자기 몸이 오싹해지며 등줄기로 식은땀이 흘렀다.

"암석드롱 아저씨? 우주선은 비행기보다 튼튼하겠죠?"

"그, 글쎄…… 내 오랜 수사 경력에 의하면, 아무래도 우주로 가는 거니깐 튼튼하겠지?"

"네? 그럼 우주선은 어떻게 조종하시는 거예요? 우주선 면허증은 있어요?"

"면허증? 그런 것도 있어야 하나?"

"허걱! 그렇다면 이게 지금 어디로 가는 거예요?"

"흠, 내 오랜 수사 경력에 의하면…… 나도 모른다. 자동항법장치거든!"

"으앙—. 이건 정말 사기야!"

흑흑, 이제 우주 미아가 되는 건 시간 문제겠군. 노빈손은 온몸에 으슬으슬 소름이 돋았다. 앞뒤 재지 않고 허겁지겁 배불리 먹은 탓에 식량도 얼마 남지 않았을 텐데. 식량이 떨어지면 시름시름 앓다가 미라처럼 말라가겠지? 가혹한 운명 같으니라고. 이제 꽃미남 노빈손은

우주비행사의 무중력 훈련

미국 항공 우주국(NASA)에서는 무중력 상태를 인위적으로 만들기 위해 제트비행기를 이용한다. 비행기가 고공으로 날아오르다 급강하하면 순간적으로 무중력과 같은 상태가 된다고 한다. 바이킹을 타고 올라갔다 내려올 때 허공에 붕 뜬 느낌이 드는 것과 마찬가지 원리라고 볼 수 있다. 이때 강하하는 비행기에 계속 가속도를 붙이면 무중력 상태를 한동안 더 지속시킬 수 있다. 우주비행사들은 이처럼 짧은 무중력 상황을 반복해 만들어 가며 훈련을 받는다. 러시아에선 수중 무중력 훈련을 한다고 한다. 한 번 훈련을 마치고 나면 2~3kg의 체중이 감소할 정도라고 하니 얼마나 힘든 일인지 상상이 되지?

일상생활의 동반자

정지궤도 위성

적도 상공에서 지구의 자전 주기와 같은 속도로 움직이는 인공위성이 지구에서 볼 땐 정지하고 있는 것처럼 보여 붙여진 이름이 '정지궤도 위성' 이다. 지구상의 넓은 지역에 걸쳐 장애물의 영향 없이 전파를 받고 보낼 수 있다. 이 위성을 통해 텔레비전 중계를 하면 동시에 여러 나라에 같은 내용을 보낼 수 있고 산간 오지나 낙도 등에서도 깨끗한 화면을 볼 수 있다.

우주에서 생을 마감하는구나.

암석드롱은 그런 노빈손의 마음을 아는지 모르는지 구부정히 앉아 구슬만 만지작거리고 있었다. 대책 없이 여유로운 암석드롱을 보자 노빈손은 자포자기 심정이 되었다. 시간을 거꾸로 돌릴 수만 있다면, 아니, 너무 똑똑한 게 죄라면 죄일까. 그 대회에서 2등만 하지 않았어도. 노빈손은 실현 불가능한 상상만 머릿속에 잔뜩 떠올렸다.

그때 갑자기 우주선이 심하게 진동하며 기체가 요란스럽게 흔들거렸다. 계기판 바늘이 정신없이 떨리고 있었다.

"으아~. 뭐야 이건?"

우주선 창 너머 수많은 돌더미와 인공위성의 파편들이 보였다. 노빈손은 자신의 눈을 의심했다.

"저, 저것들은 뭐지?"

돌멩이들은 뾰족하고 날카로워 보였다. 그대로 부딪히기라도 하면 우주선은 금방이라도 종이처럼 구겨질 것 같았다.

"엄마야? 나 살려라!"

암석드롱은 어쩔 줄 몰라 하며 노빈손을 꽉 껴안았다. 암석드롱은 거대한 덩치에 어울리지 않게 노빈손에게 안긴 채 다리를 후들후들 떨었다.

"헥헥, 아저씨 풀어줘요. 숨 막혀 죽겠어요."

우주선 전체에 심한 진동이 계속됐다. 다시 한 번 돌의 모서리가 우주선을 가격하자 돌덩이에 스치고 지나간 우주선 안쪽 벽이 알루미늄처럼 납작하게 구겨졌다. 찌이익, 이상한 굉음 소리도 계속해서 들려왔다.

"아저씨, 이럴 때일수록 침착해야죠. 어서요! 여기서 빠져나가야 해요."

" 나도 그러고는 싶은데……. 우엑!"

암석드롱은 기체가 심하게 흔들려서인지 그 와중에 멀미를 하고 있었다.

데자뷰 현상이란?

프랑스어로 '이미 보았다'는 의미로서, 처음 가 본 곳인데 이전에 와 본 적이 있다고 느끼거나 처음 하는 일을 전에 똑같은 일을 한 것처럼 느끼는 것을 보고 '데자뷰'라고 한다. 자신이 지금 하고 있는 일이나 주변의 환경이 마치 이전에 경험한 듯한 느낌이 들 때, 대부분 꿈속에서 본 적이 있는 것 같다고 말하는데 이것이 바로 데자뷰 현상이다.

우주선의 정면은 돌 파편으로 가득했다. 기왕 이렇게 된 거 죽기 아니면 까무러치기다! 곧 추락할 것이라는 불안감에 자신도 모르게 우주선을 조종하는 노빈손. 하지만 빠져나가려고 하면 할수록 파편들은 더 강하게 우주선에 부딪쳤다. 말이 씨가 된다더니, 역시 비행기처럼 생긴 것은 무조건 타면 안 됐는데.

순간, 노빈손의 머리에 스치는 장면이 있었다. 데자뷰 현상이라고 하던가. 그 같은 상황을 언젠가 경험한 듯 익숙한 느낌을 받은 것이다. 설마, 저것이 우주 먼지라는 걸까? 《스페이스 우주여행》이라는 만화에서 봤던 바로 그 상황. 우주에서 폐기된 위성이나 우주상에 날아다니는 운석 조각들이 행성의 궤도를 타고 돈다는 그 우주 먼지. 인공위성들의 무덤!

"맞아! 저건 우주 먼지예요!"

"뭐라고? 우주 먼지? 무슨 먼지가 저렇게 커?"

"그것도 몰라요? 우주에서 저 정돈 티끌 수준이라고요."

"악, 저건 또 뭐야?"

"인공위성의 잔해예요. 우주 먼지는 인공위성들의 무덤이라고도 불려요!"

"확실한 거야? 내 오랜 수사 경력으로 볼 때 네 말을 믿을 수가 있어야 말이지."

"아저씨 말을 더 못 믿겠어요! 지금 우리 죽을 수도……."

그때 갑자기 포탄을 맞은 듯 울림이 일었다. 암석드롱은 조종석의 버튼을 마구 눌러댔다. 그러나 때는 이미 늦었다. 노빈손과 암석드롱은 서로를 부둥켜안고 부들부들 떨었다. 비상등이 요란하게 울리기 시작했다. 이내 우주선의 엔진이 꺼지는 소리가 들려 왔다. 휘이익, 땅으로 꺼지는 듯한 흔들림과 함께 정신이 가물거리기 시작했다.

어마어마한 우주 쓰레기
과거 미국과 소련이 경쟁적으로 위성을 쏴 올릴 때 남은 부산물들, 수명을 다 한 인공위성이나 로켓의 잔해와 파편 등을 우주 쓰레기라고 부른다. NASA의 관측 데이터에 따르면 현재 지구를 돌고 있는 10cm 이상 크기의 우주 쓰레기는 1만 개 이상. 작은 것까지 포함하면 수백만 개에 달한다고 한다.

"으아아……. 말숙아, 엄마, 하나님, 부처님, 신령님! 죽더라도 천국에 갈 수 있게 해주세요."

드디어 달을 밟다

"으음……."

노빈손은 엄청난 통증과 함께 정신이 들었다. 반쯤 감긴 눈으로 주변을 살폈다. 쉴 새 없이 깜박이는 비상등과 경고를 알리는 비상음은 추락할 당시의 상황을 보여주고 있었다. 운석을 맞아 어딘가에 불시착한 것이 분명했다. 문득, 날아다니는 것과는 궁합이 맞지 않는다는 엄마의 편지글이 또다시 노빈손의 뇌리를 스쳤다. 비행기 사고 두 번

보이저 1, 2호는 지구의 모습을 담고 여행 중

보이저 1, 2호는 태양계를 벗어나 우주 공간을 여행하고 있다. 우주 공간에서 만나게 될지도 모르는 외계인에게 지구인의 존재를 알리기 위해서 지구를 알릴 만한 여러 가지 정보를 공개하고 있는데 인간의 모습을 그린 그림과 수학 공식, 미국 아이다호 주에 있는 스네이크 강의 사진들이 있다. 또한 거리의 소음, 아기가 태어날 때의 울음소리, 현악 4중주의 소리, 미국 카터 대통령의 인사말, 새턴 로켓의 발사음 등을 녹음한 레코드를 싣고 있다.

난 것도 모자라서 이제는 우주에서까지 불시착이라니…….

순간, 이어폰을 통해 신음소리가 들려 왔다.

"으으……. 머리야……."

암석드롱의 목소리였다.

노빈손이 암석드롱을 찾으려는 순간, 노빈손의 발 아래쪽에서 철판 하나가 불쑥 튀어 나왔다. 철판이 뜯긴 사이로 암석드롱이 두둥실 떠올랐다. 노빈손은 암석드롱을 걱정 반 원망 반으로 물끄러미 쳐다보았다.

"마구잡이식으로 계기판을 누르니까 이렇게 불시착한 거잖아요, 아저씨!"

"내가 워낙 무서움을 잘 타서 말이지. 정신이 없었다."

원망만 하고 있을 때가 아니었다. 계기판은 정신없이 돌아가고 전자등은 빨갛게 깜박거리고 있었다. 우주선 꼬리 부분은 지표 안쪽으로 추락한 것 같았다. 몸을 일으키려다 말고 충격을 받은 노빈손은 허둥거렸다.

창 밖은 온통 깜깜했다. 노빈손은 빠져나갈 곳이 있나 이곳저곳을 두드려 보았다. 바깥이 땅에 닿지 않고 비어 있는 곳이라면 소리가 묵직하게 나지 않고 가벼울 것이기 때문이었다. 노빈손은 우주선 이곳저곳을 치다가 바깥쪽이 텅 빈 곳을 찾아냈다.

"암석드롱 아저씨, 여기에요 여기."

"어디 보자. 내 오랜 수사 경력으로 볼 때 여기를 퉁 치면 되겠군."

으랏차차~ 하는 기합이 들리기 무섭게 우주선 한쪽 구석이 쾅 하는 소리와 함께 떨어져 나갔다. 노빈손은 믿기지 않는다는 듯 암석드롱을 올려다보았다. 무식하게 힘만 세다는 말이 무슨 뜻인지 실감하게 되는 순간이었다.

암석드롱의 힘 자랑으로 우주선을 탈출하게 된 노빈손과 암석드롱. 그들은 눈앞에 펼쳐진 주변 풍경에 또 한 번 두 눈이 휘둥그레졌다.

이 곳의 지면은 한라산에 갔을 때 보았던 현무암처럼 검은색이었고 구멍이 숭숭 뚫려 있었다.

거무스름한 표면에 언덕배기 같은 봉우리들도 듬성듬성 보였다. 아틀란티스를 탐험할 때 보았던 해저 지형과 비슷해 보이기도 했다.

암석드롱과 노빈손은 낯선 풍경에 할 말을 잃고 한참을 넋이 나간 채로 서 있었다.

"아저씨, 아저씨의 오랜 수사 경력에 의한 해독에 따르면 우리는 달에 가야 하는 게 맞죠?"

"그…… 그렇지."

총알보다 빠른 15cm 공구

아주 작은 쓰레기라도 인공위성이나 우주선에 위험이 되는 이유는 바로 속도 때문이다. 일단 궤도에 올라온 물체는 평균 시속 3만 6천km의 속도로 날아간다. 군용 소총에서 발사되는 총알보다 10배 이상 빠르며 아무리 견고한 우주선이라도 일단 부딪히면 큰 충격을 받을 수밖에 없다. 실제로 2001년 우주왕복선 디스커버리 호와 도킹 상태에 있던 국제 우주 정거장에 괴비행체가 무서운 속도로 접근, 자체 로켓을 가동해 겨우 충돌을 피한 사건이 있었다. 나사의 조사 결과 이 비행체는 며칠 전 우주 유영을 하던 우주비행사가 실수로 놓친 15cm짜리 공구였음이 밝혀졌다.

풍화작용이 없는 달

풍화작용이 있으려면 대기가 있어야 한다. 달은 지구 중력의 1/6밖에 되지 않아 공기의 입자를 잡을 능력이 안 되기 때문에 대기가 존재하지 않는다. 대기가 없다는 말은 유동성 있는 공기가 존재하지 않는다는 것, 즉 바람이 불지 않는다는 것이다. 따라서 달의 암석들은 지구처럼 풍화작용에 의해 부스러지는 일이 없다.

"그럼 지금 우리가 서 있는 곳은 어디일까요?"

"내 오랜 수사 경력에 따르면…… 글쎄……."

산 넘어 산이라더니 불시착에 이어 이름도 모르는 행성에 떨어지다니……. 물과 공기도 없는 우주에서 조난당했다는 사실은 노빈손에게 더욱 큰 좌절감으로 다가왔다.

암석드롱은 행성 표면에 있는 까칠한 암석들을 저 멀리 던지고 있었다.

"지금 뭐 하시는 거예요?"

"우주를 자주 왕복한 우리 할아버지 말씀에 따르면, 주변을 정리해야 뭔가 보인다, 이거야."

노빈손은 허무한 표정으로 날아가는 암석들을 물끄러미 쳐다보았다. 순간, 암석이 떨어지는 곳에 있는 무언가 인공 구조물 비슷한 것을 발견했다.

"앗! 저건 뭐지?"

노빈손은 우주복에 장착된 부스터의 RPM을 최대로 올리고 암석이 날아간 방향을 향해 날아갔다. 처음 사용해 보는 부스터에 겨우 적응하여 날아간 곳에는 지구에서 흔히 보던 성조기가 꽂혀 있었다. 노빈손은 자랑스러운 코리아의 태극기가 아니어서 조금 실망스러웠지만 지구에서 볼 수 있는 것을 보았다는 것만으로도 눈물이 핑 돌았다. 주변에는 우주비행사들이 남기고 간 발자국들이 이곳저곳 찍혀 있었다. 그곳은 아마도 아폴로 11호가 착륙을 한 곳 같았다. 혹시……?

"아저씨! 이쪽으로 와 보세요. 우리가 불시착한 곳이 달인 것 같아요!"

태양계에는 어떤 행성들이 있을까?

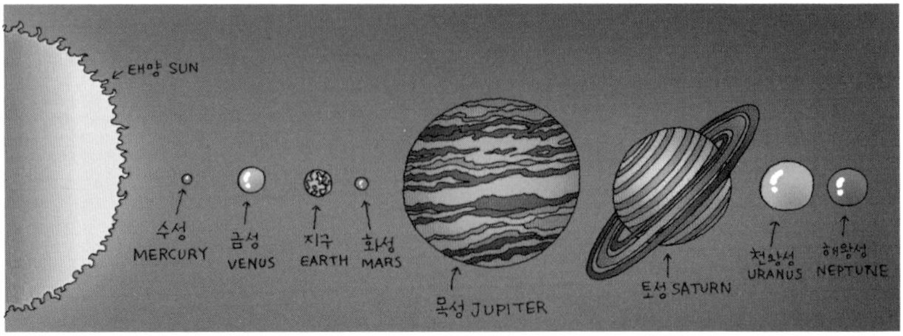

태양계는 태양을 중심으로 수성, 금성, 지구, 화성, 목성, 토성, 천왕성, 해왕성으로 구성되어 있으며 각 행성에는 행성 주위를 도는 위성이 있고 그밖에 소행성, 혜성이 있다. 지구보다 안쪽 궤도에서 태양 주위를 돌고 있는 수성, 금성을 내행성이라고 하고, 지구 바깥쪽의 화성에서 해왕성까지를 외행성이라고 한다. 금성과 수성을 제외하고는 모든 행성이 지구의 달과 같은 위성을 거느리고 있다.

행성들은 지구형 행성과 목성형 행성으로 구분한다. 지구형 행성은 주로 암석으로 이루어져 있으며 수성, 금성, 지구, 화성이 포함된다. 목성형 행성은 지구형 행성에 비해 매우 크며 목성과 같이 수소, 헬륨으로 이루어져 있다. 또한, 목성형 행성은 모두 고리가 있으며 위성의 수도 많다.

태양 태양은 지구에서 가장 가까운 항성(위치를 바꾸지 않고 자체의 에너지로 빛을 내는 별)으로, 표면을 관측할 수 있는 유일한 항성이다. 태양은 인류의 주요 에너지 공급원으로 인류가 이용하는 에너지의 대부분은 태양에 의존한다. 태양은 태양계의 중심에 있으며 태양계 총 질량의 99.9%를 차지하고, 주성분은 수소가 74%, 헬륨이 약 24~25% 등 가스 덩어리로 이루어져 있다. 태양은 지구로부터 1억 4,960만km나 떨어져 있고 지름은 지구에 비해 109배나 크다.

수성 태양과 가장 가까운 행성으로 한밤중에 보이는 일은 없고, 초저녁의 서쪽 하늘에서나 새벽의 동쪽 하늘에서만 잠깐 보인다. 수성은 대기층이 거의 없고, 지구보다 태양에 가까워 약 7배나 많은 태양열을 176일 동안이나 같은 면에 받기 때문에 태양광선을 가장 많이 쬐는 곳의 온도는 347℃나 된다.

금성 금성은 지구에서 볼 때 태양, 달 다음으로 밝은 행성이다. 우리나라에서는 저녁에 서쪽 하늘에서 반짝일 때는 '개밥바라기' 라고 부르며, 새벽에 동쪽 하늘에서 반짝일 때는 '샛별' 이라고 부른다. 서양에서는 로마 신화에서 미를 상징하는 여신의 이름을 따 '비너스' 라고 부른다.

지구 태양계에서 세 번째에 자리잡고 있는 행성은 바로 우리 인류의 고향인 지구. 우리가 발붙이고 살기 때문에 너무도 잘 알고 있는 별이다. 알맞게 내리쬐는 햇볕, 적당한 양의 물, 맑은 공기. 이러한 자연의 혜택으로 철따라 꽃이 피고 새가 울며, 우리 인류가 마음 놓고 살 수 있는 것이다.

화성 화성은 지구 궤도의 바로 바깥쪽 궤도를 도는 행성이다. 밤 하늘에 붉게 빛나는 모습이 전쟁이나 재앙을 연상시켜 고대 사람들은 불길하게 여겼다. 그래서 전쟁의 신 이름을 따서 '마르스(Mars)' 로 부르고 있다.

목성 목성은 태양계의 행성 중 가장 크다. 목성 적도 부근에는 어두운 줄무늬와 밝은 줄무늬가 번갈아 그어져 있는 것이 보이는데, 어두운 줄무늬를 검은 '띠' 라 하고 밝은 줄무늬를 '대' 라고 부른다. 적외선 관측 결과에 따르면 대가 띠보다 온도가 높다. 목성은 수소, 헬륨과 같은 가벼운 원소로 이루어져 있다.

토성 토성은 지구에서 맨 눈으로 볼 수 있는 행성 중 가장 바깥쪽에 있다. 목성 다음으로 크며 지름은 지구의 9.1배이다. 토성은 자전 속도가 매우 빠르고 표면이 고체가 아니다 보니 적도 부근이 약간 튀어 나와 있는 회전 타원체 형태를 띤다. 토성의 가장 큰 특징은 수많은 알갱이가 토성 둘레를 공전하면서 생긴 거대한 고리가 있다는 것.

천왕성 영국의 허셜이 1781년에 발견한 천왕성은 태양으로부터 17억 3,000만~29억 9,000만km나 떨어져 있으며, 태양의 둘레를 약 84년마다 한 바퀴씩 돈다. 행성들 가운데 특이하게도 자전축이 98도 기울어져 있어서 옆으로 누운 채 태양을 돌고 있다. 질량은 지구 질량의 14.56배나 된다. 27개의 위성과 토성의 고리보다 훨씬 가는 10개의 고리를 가지고 있다.

해왕성 1846년 프랑스의 천문학자 르베리에는 케임브리지 대학교의 학생 애덤스가 1843년에 계산한 해왕성의 질량과 궤도와 같은 결과를 얻고 베를린 천문대의 갈레에게 행성을 찾아 달라고 부탁하였는데 계산된 위치에서 정확히 해왕성이 발견되었다. 젊은 대학생의 천재적인 학설은 3년이나 지나서 인정받은 것.

해왕성은 아직 우리에게 많은 비밀을 감추고 있는 행성이다. 해왕성의 질량은 지구 질량의 17배 정도이고 반지름은 지구 반지름의 4배 정도이다. 해왕성은 아주 큰 궤도를 돌고 있기 때문에 공전 주기가 무려 165년이나 된다.

3부

흥분과 기대

노빈손과 닐 암석드롱은 우여곡절 끝에 달에 착륙했다는 것에 비로소 안도의 한숨을 내쉬었다. 앞으로 헤쳐 나갈 일들이 꿈만 같았지만 시작이 절반이라는 말도 있지 않은가. 앞으로 펼쳐질 막막한 모험에 대한 걱정이 태산이지만 먼저 지나간 비행사들이 찍어 놓은 발자국을 바라보는 노빈손의 눈에는 기대와 흥분이 교차하고 있었다.

"우리가 제대로 오긴 왔구나."

노빈손은 암석드롱의 찌그러진 헬멧 사이로 눈물이 반짝거리는 것을 보며 자신도 감격에 젖었다. 그러나 그것도 잠시, 암석드롱은 자신도 모르게 갑갑하게 머리를 짓누르고 있던 헬멧을 벗으려 했다.

"안 돼요! 아저씨, 죽고 싶으세요? 여긴 산소가 없다고요!"

"아뿔싸! 큰일날 뻔했네. 고맙다, 빈손아."

암석드롱은 턱끈을 꽉 조여 매며 다시 한 번 확인하듯 주먹으로 헬멧을 탁탁 두드렸다.

"외계어 백과사전 첫째 수칙! 어디서도 헬멧을 벗지 말 것. 그건 그렇고 이제 어쩐다?"

"먼저 우주선이 망가졌는지 살펴야 하지 않을까요?"

"내 오랜 수사 경력에 의하면, 보나 마나야."

우주선은 양철냄비가 찌그러지듯이 심하게 일그러져 있었다. 게다가 기체는 곧 터질 듯 검은 연기를 사방에서 뿜어대고 있었다.

"일단 우주선이 폭발이라도 하기 전에 산소통하고 식량은 챙겨 나와야겠다. 넌 여기 있어라. 내가 가서 가져올 테니."

노빈손은 혼자 다녀오겠다는 암석드롱을 뒤따라 우주선 내부로 들어갔다. 안은 지진이라도 일어난 듯 여기저기 뒹구는 부속물이며 튀어나온 파이프 등이 바닥에 떨어져 걸음을 옮기기에도 힘들 지경이었다.

간신히 끙끙거리며 산소통과 비상식량을 찾고서야 노빈손과 암석드롱은 피곤이 온몸에 엄습해 오는 것을 느꼈다. 요란한 우주 먼지를 만나 살아남았다는 것도 신기했지만 몇 시간째 이렇게 긴장된 상태로 움직이고 있는 것도 사실 신기한 일이었다.

"왜 이렇게 피곤하지?"

어떻게 무얼 해야 할지 어디로 가야 할지도 잊어버린 채 둘은 제자리에 털썩 주저앉았다.

크르르릉 크르르릉 ―.

"이게 무슨 소리야……. 설마 우주선이 폭발하려는 것은 아니겠지?"

노빈손은 놀라서 소리 나는 쪽을 살펴보다가 피식 웃음을 지었다. 암석드롱이 탱크처럼 코를 골고 있던 것이었다.

지구를 떠나긴 힘들어!

아름다운(?) 바다로 덮여 있는 달의 형체가 밝혀지자 사람들은 그곳에 가고 싶어 했다. 그러나 달나라 여행이 그렇게 쉬운 일은 아니었다. 달은 숨을 쉴 수 없는 진공의 공간을 지나 38만km나 떨어져 있으니까. 중간에 그 흔한 주유소 하나도 없다. 무엇보다 큰 문제는 지구를 떠나는 일이다. 지구의 중력이 우리를 강력하게 끌어당기고 있기 때문에 지구 밖의 우주 공간을 나가기 위해서는 엄청난 힘이 필요하다. 만약 로켓의 추진력이 조금이라도 모자란다면 다시 지구에 떨어져 산산조각이 날 것이다.

"거의 말숙이 수준이군."

그래도 우주선이 갑작스럽게 폭발하거나 바람 빠진 풍선처럼 폭삭 무너지는 것은 아니라는 안도의 한숨을 쉬며 노빈손도 조용히 꿈나라로 빠져 들었다. 암석드롱과 노빈손이 엇박자로 코를 고는 소리가 온 우주에 퍼져가고 있었다.

그들이 외계인이라고?

남극 대륙의 세 배 정도밖에 되지 않는 달의 풍경은 매우 인상적이었다. 높은 분화구처럼 생긴 크고 작은 산들, 고원 지대와 평야 그리고 깊은 계곡들이 끝없이 펼쳐져 있었다. 달은 마치 색칠되지 않은 지구 같았다. 노빈손은 어느 과학 잡지에서 나왔던 말처럼 달은 지구의 파편들이 모여서 만들어진 형제가 아닐까 하는 생각이 문득 들었다.

"어이, 노빈손. 달까지 왔는데 뭐라도 해야 하지 않을까? 우주를 자주 왕복하셨던 우리 할아버지께서 달에 도착하면 꼭 해봐야 하는 것들이 있다고 하셨는데……."

암석드롱은 수첩을 한참 뒤지더니 노빈손을 향해 다가왔다.

"달에 도착하면 꼭 해봐야 할 일 베스트 5라고 적혀 있어."

"첫 번째, 비닐봉지나 병에 달의 공기를 담아 온다. 두 번째, 흙먼지가 많은 땅에 국기를 꼭 세울 것. 세 번째, 중력이 낮은 달에서 지

쩔 도리가 없어! 몸이 말을 듣지 않아!"

노빈손은 서서히 다가오는 외계인들에게 두 손을 번쩍 드는 마음으로 다급하게 외쳤다.

"왜, 왜 그러세요? 저희 잘못한 것 없어요!"

외계인들은 노빈손의 외침을 듣지 못하는 건지 무조건 포박했다. 형체를 알아보기 힘들 정도로 망가진 보이죠 호 역시 견인당한 채 끌려오고 있었다. 혹시라도 도망갈 수 있는 방법이 있나 이리저리 살펴보았지만 달에서 어떤 방법을 써야 할지 도무지 알 수 없었다.

설마 우리를 생체실험 같은 데 쓰진 않겠지? 미국이나 러시아 사람들이 달을 많이 왔다갔을 텐데, 왜 외계인이 있다는 걸 몰랐을까? 노빈손은 끌려가면서도 외계인의 정체에 대한 생각을 멈추지 않았다.

그래, 안 죽이고 이렇게 데려가는 거 보면 죽이지는 않을 거야. 끌고 가서 외계인으로 만들고 그러는 건 아닐까? 엄마가 호랑이 굴에 가도 정신만 차리면 된다고 했어. 죽을 고비가 한두 번도 아니었어……. 그런데 왜 매번 무서워 죽겠냐고……. 이대로 외계인 밥이 될 수는 없는데……. 노빈손은 눈썹을 찌푸리며 있는 힘껏 절박한 표정을 외계인들에게 지어 보였다. 그러나 도무지 외계인들이 그런 걸 아는지 모르는지 노빈손조차 알 길이 없었다. 어두컴컴한 달의 하늘에 별똥별 하나가 길게 꼬리를 흔들며 날아가고 있었다.

-☼- 달은 지구에 어떤 영향을 끼치고 있을까?

달은 지구에서 아주 먼 곳에 있다. 달이 지구에 가장 가까이 있을 때의 거리는 약 35만 6천km이고, 멀리 떨어져 있을 때는 약 40만 6천km이다. 이렇게 멀리 떨어져 있고, 지구보다 훨씬 작은 달이 지구에 무슨 영향을 끼치겠나 의문이 들지만, 그렇지 않다. 달이 지구에 어떤 영향을 주고 있는 알아보자.

★밀물과 썰물을 일으킨다

바다에 가 보면 하루에 두 번씩 밀물과 썰물이 주기적으로 발생하는 것을 볼 수 있다. 이러한 바닷물의 움직임은 달의 인력 때문에 일어난다. 물론 태양의 인력도 한몫을 하지만 멀리 떨어져 있어 달의 반 정도밖에 영향을 못 미친다.

밀물과 썰물은 해안에 넓은 갯벌을 만드는데, 갯벌은 하천과 해수의 정화, 홍수의 조절, 생태적 가치 등 해양 생태계의 자궁과 같은 매우 중요한 역할을 하고 있다. 따라서 밀물과 썰물이 일어나지 않는다면 갯벌은 존재하지 않을 것이고 지금과 같은 다양한 해양 생태계는 없을 것이다.

★ 지구의 자전 속도와 하루 시간을 결정한다

달의 인력 때문에 밀물과 썰물이 발생하는데, 밀물과 썰물은 지구 자전의 브레이크와 같은 역할을 하고 있다. 달의 인력으로 지구의 바닷물은 달을 향한 쪽과 그 반대쪽이 불어나는데, 바닷물이 낮아지는 곳에서 바닷물과 그 밑바닥 사이에 심한 마찰력이 생긴다. 이것은 자동차의 브레이크가 바퀴를 제동하는 것과 비슷하다. 이 운동은 지구의 자전 운동 에너지를 소모시키므로 자전 주기는 더 길어지고 지구 자전 속도는 점점 느려지고 있다.

현재 지구의 1일(자전 주기)은 약 24시간, 달과 지구의 평균 거리는 약 38만km이다. 그러나 과학자들의 연구에 의하면 앞으로 10억 년 후 지구의 하루는 약 31시간이 된다고 한다.(시계 만드는 사람들의 고민이 깊어지겠지?) 반대로 과거로 거슬러 올라가면 하루는 지금보다 짧았는데, 약 10억 년 전의 1일은 약 19시간이었고, 더욱이 달이 탄생한 약 45억 년 전에는 지구의 하루가 5시간이었을 것으로 추정하고 있다.

★ 달은 점점 멀어지고 있다

지구 자전 속도가 점점 늦어지는 반면에 달은 지구로부터 점점 멀어지고 있다. 지구의 자전 속도가 감소되고 그 반작용으로 달은 지구에서 감소되는 운동에너지를 얻어 지구로부터 멀어지는 것이다.

과학자들의 연구에 따르면 달은 1년에 약 4cm의 속도로 멀어지고 있다고 한다. 달과 지구의 평균 거리는 약 38만km인데, 약 10억 년 후에는 41만km까지 멀어질 거라 한다. 반대로 10억 년 전에는 약 35만km였고, 달이 태어날 무렵에는 2만km 정도의 거리에 있던 것으로 추정하고 있다.

이글루 안은 정말 따뜻한가?

이글루 안의 온도는 최대 영상 5℃까지 올라간다고 한다. 영상 5℃가 뭐가 따뜻한 거냐구? 영하 30℃까지 떨어지는 북극의 온도에서 영상 5℃면 상대적인 온도는 훨씬 따뜻할 것이다. 얼음으로만 지은 집을 영상 5℃까지 올리는 방법은 이글루 안에 계속 물을 뿌려 주는 것이다. 수분이 어는 과정에서 자신이 가진 열을 공기에 죄다 주기 때문에 공기의 온도가 올라갈 수 있는 것.

지하 기지에 감금당하다

외계인들이 노빈손과 암석드롱을 데리고 간 곳은 회색 빛이 나는 돔 모양의 건물이었다. 기지는 커다란 분화구의 중앙에 위치하고 있었다. 에스키모 인들이 사는 이글루와 매우 비슷하게 생긴 둥근 건물이었다. 돔 모양의 외향은 달의 낮과 밤의 급격한 온도 차를 이겨내기 위해서 설계된 듯했다.

기지에 들어서자 한 로봇이 앞을 가로막았다. 앞을 막은 로봇에게서 노빈손은 처음 외계인들을 만났을 때처럼 불가항력적인 힘을 다시 느꼈다. 어떻게 해서든 팔 다리를 움직이고 싶었지만 마음대로 되지 않았다. 로봇은 날카로운 드릴 비슷한 손을 가지고 있었다.

저 가위로 날 어떻게 하려는 건가? 노빈손은 자신을 향해 서서히 팔을 올리는 로봇을 보자 오금이 저려 왔다. 두려운 마음에 소리를 질러 보려 했지만 목소리조차 성대 안에서 갇혀 아무런 말도 할 수 없었다.

로봇은 뾰족한 손가락을 노빈손의 머리에 갖다 댔다.

기리리리릭—.

잠시 후, 로봇은 둔탁한 기계음을 멈추고 노빈손의 머리를 놓았다. 그리고는 입으로 무언가 적힌 종이를 내뱉었다.

* **이름** : 노빈손　　* **나이** : 20세
* **국적** : 지구인　　* **EQ** : 측정불가
* **IQ** : 측정불가　　* **전투력** : 평균 미달
* **주무기** : 머리(?)

암석드롱 역시 노빈손과 똑같은 절차를 받고서야 기지 안으로 들어갈 수 있었다.

* **이름** : 닐 암석드롱　　* **나이** : 42세
* **국적** : 지구인　　* **EQ** : 상당히 미달
* **IQ** : 평균은 따라감　　* **전투력** : 상상초월
* **주무기** : 지구의 각종 무기 사용 가능

노빈손과 암석드롱은 이상한 검사를 받고 나서야 그들이 데리고 온 기지 안으로 들어갈 수 있었다. 노빈손은 행여나 검사를 받으며 몇 가닥 남아 있지 않은 머리카락이 빠지지는 않을까 하는 조바심에 머리를 주섬주섬 정돈했다. 암석드롱은 검사를 끝내고 난 후부터 다리를 계속해서 떨었다. 그는 창백한 얼굴로 끌려가고 있었다.

"으앙……. 우릴 놓아줘!"

암석드롱은 아무 말도 없이 끌고만 가는 외계인들을 보며 소리를 질렀다. 외계인들에게 체포당하는 일은 처음이겠지만 전직 FBI 요원이

라고 하기에는 너무 겁이 많은 암석드롱이었다.

외계인과의 전쟁 중에 총을 맞아 구토, 두통, 오한을 수반하는 병을 앓다가 두 달 만에 온몸이 종기로 뒤덮인 채 죽거나, 외계인에게 납치당한 후로 아이를 못 가지게 되었다는 비운의 여자 주인공 등, 수도 없는 SF 영화와 만화 속의 장면들이 암석드롱의 머리 속을 스쳐 지나갔다. 그렇게 되지 말라는 법은 없었다.

조그마한 문들이 흩어져 있는 공간으로 끌고 간 외계인은 그 중 한 군데로 노빈손과 암석드롱을 밀어 넣고서 문을 쾅 닫고 홀연히 사라져 버렸다. 어떤 말도, 어떤 표정의 변화도 없이 나가버리는 그들을 보며 노빈손은 점점 무서워지기 시작했다.

슈우우우 —.

"이게 무슨 냄새야?"

악취의 범인은 천장의 금속관을 통해 흘러나오는 잿빛 연기였다.

노빈손과 암석드롱은 거의 동시에 소리를 질렀다. 서서히 의식을 잃어가는 노빈손과 암석드롱은 불안한 눈빛으로 서로를 확인했다. 꼭 잡은 손에선 식은땀이 축축하게 배어 나오고 있었다.

깡깡 — 푹푹 —.

지능지수의 척도

아이큐(IQ)

아이큐(IQ)는 Intelligen-ce quotient라고 해서 지능지수를 뜻한다. 아이큐는 정신연령을 신체연령으로 나눠서 100을 곱한 수치. 사람의 이해력을 알아보는 아이큐 테스트는 1912년 독일의 심리학자 '빌헬름 슈테른'이 만들어냈다. 150을 넘으면 보통 천재라고 부른다. 슈테른의 아이큐 측정법에 따르면 영국의 철학자 존 스튜어드 밀은 아이큐가 200이나 되었고 독일의 시인 괴테는 190, 아인슈타인도 180이나 됐다고 한다. 현존하는 인물 중에서는 우리나라 사람인 김웅용 씨가 210이라는 놀라운 수치로 세계 최고의 아이큐로 인정받고 있다.

방은 끈적끈적하게 보이는 벽들로 빈틈없이 둘러싸여 있었다. 벽이란 벽은 다 두드려 보고 발로 차던 노빈손과 암석드롱은 털썩 주저앉았다. 역겨운 냄새를 맡고 난 후로 모든 것이 기억나지 않았다. 기절해 있던 시간은 하루 남짓 정도인 것 같았지만, 자꾸만 처지는 몸은 꽤 오랜 시간 동안 갇혀 있는 듯했다.

"나갈 수 있는 방법이 없을까요?"

노빈손이 체념조로 말했다. 벌써 몇 번째 똑같은 질문이었고 암석드롱은 여전히 수사 경력을 들먹이며 영문 모를 소리만 했다. 그는 다시 일어나 연신 문과 벽을 두드렸다. 노빈손은 이 난감한 상황을 어떻게 헤쳐 나가야 할지 곰곰이 생각해 보았다.

클로로포름이란?

우리가 영화에서 흔히 볼 수 있는 장면 중에 누군가를 납치할 때 손수건에 무엇인가를 적셔 코와 입을 막아 기절시키는 것이 있다. 이때 손수건에 적시는 물질이 바로 클로로포름이다. 가장 강력한 흡입 마취제인 클로로포름은 1831년에 제조되어 1847년 스코틀랜드 에든버러에 사는 내과의사 제임스 심프슨이 최초로 마취제로 사용했으며, 1853년 영국의 내과의사인 존 스노가 8번째 아이인 레오폴드 왕자를 출산할 때 빅토리아 여왕에게 사용하면서 마취제로 널리 쓰이게 됐다.

어떠한 이유도 설명 듣지 못하고 끌려온 곳이었다. 달에 오게 되었을 때도 상황은 마찬가지였다. 노빈손은 옆에서 벽을 차고 있는 암석드롱이 한없이 밉기만 했다.

암석드롱 아저씨의 수사 경력보다 훨씬 훌륭한 나의 오랜 잔머리 지수를 굴려 보자. 내가 본 만화에서는 꼭 나쁜 외계인만 있던 것은 아니었어. 그리고 달에 외계인이 있었다면 지금까지 달에 왔던 우주 비행사들은 하나같이 멀쩡하지 못했을 테지. 그렇다면 외계인에게 적대적인 모습을 보여주면 안 되지 않을까? 우리의 놀란 모습을 보

불가항력

모든 방법을 동원하여도 손해의 발생을 막을 수 없는 일을 불가항력이라고 한다. 일정한 물건을 운송해야 하는데 지진 또는 홍수로 교통기관이 마비되어 운송할 수 없게 된 것과 같은 경우를 예로 들 수 있다. 불가항력이라는 것은 본래 로마법에서 등장했다. 물건에 문제가 생겼을 경우, 물건을 옮겨 준 사람이나 짐을 맡아놓았던 운송인이나 여관주인이 영업상 물건을 받게 된 사실을 근거로 하고 그 물건을 훼손하게 되었을 경우에 손해를 부담하게 된다. 그러나 그것의 책임을 면해 주기 위한 이유로 불가항력이 논의되었다.

고 더 경계심이 생기면 어떡하느냐고.

노빈손은 다시금 방 안을 이리저리 살펴보기 시작했다.

"이제 우리 어떻게 되는 걸까요?"

"……."

끼이이이익—.

노빈손의 말이 끝나기가 무섭게 절대 열리지 않을 것만 같던 문이 둔탁한 소리를 내며 열렸다. 이곳으로 끌고 온 외계인들은 아니었다. 그들은 몸 안에서 나오는 기계음으로 서로 의사소통을 했다. 알아들을 수 없는 괴기스러운 목소리로 이야기를 나누던 그들 중, 우두머리로 보이는 외계인 한 명이 노빈손과 암석드롱에게 걸어 왔다.

"우리한테 왜 그러는 거야! 우린 아무 죄가 없다고! 제발 살려줘."

암석드롱은 있는 힘껏 소리를 내보았지만 목소리는 목까지 올라와 맴돌기만 했다.

말도 통하지 않는 상황. 그야말로 말로만 들었던 불가항력이란 것이 이런 것이었다.

외계인은 연필 모양의 조그마한 물체를 암석드롱 앞으로 갖다 댔다. 빨간 불빛과 함께 암석드롱은 온몸을 떨다 눈동자가 멍해지며 마비를 일으켰다.

공포에 질린 노빈손은 슬금슬금 뒤로 물러났지만 도망갈 곳은 존재하지 않았다. 외계인들은 노빈손과 암석드롱을 둘러 업고 지하 감옥을 유유히 빠져나갔다.

우주 현상금 사냥꾼을 만나다

"이봐, 둘 다 정신 좀 차려 보라고!"

노빈손은 찬물을 끼얹는 듯한 카랑카랑한 목소리에 정신이 번쩍 들었다. 어리둥절한 표정으로 목소리가 흘러나오는 쪽을 조심스레 쳐다보았다.

"으아아악! 누구?"

작은 키, 처음 만났던 외계인과는 사뭇 달리 생긴 이목구비. 목소리의 주인공은 얼핏 보기엔 외계인과 흡사해 보였다. 그러나 빨간색과 검은색으로 잘 조화를 이룬 그의 옷차림과 백발의 긴 머리가 인간처럼 보이기도 했다.

"외, 외계인?"

미지의 사나이는 잠시 고민하는 듯하더니 고개를 끄덕였다. 그는 노빈손과 암석드롱의 얼굴을 찬찬히 살피고는 고개를 갸우뚱했다.

"지구에서 왔니?"

"그, 그런데요……."

지구에서 달까지 거리는 얼마나 될까?

38만 4천km이다. 그렇다면 지구에서 태양까지의 거리는 얼마일까? 무려 1억 4,959만 7,890km나 된다. 시속 100km/h로 달리는 자동차가 지구에서 달까지 가려면 3,840시간을 달려야 한다. 즉, 160일 동안을 꼬박 달려야 하는 것이다. 그렇다면 태양까지는? 지구에서 달까지 거리의 약 340배이므로 160X340 =54,400일. 1년 365일로 계산한다면 무려 150년을 달려야 하는 거리다. 우리 눈에 보이는 달과 태양. 그렇게 만만하지는 않다.

사나이의 얼굴에는 설렘과 흥분, 그리고 어두운 표정이 교차하고 있었다.

"으, 머리야! 그 괴물 같은 녀석들은 왜 이렇게 계속 기절을 시키는 거야! 정신없게……."

노빈손과 사나이의 대화에 정신이 들었는지 옆에 기절해 있던 암석드롱이 몸을 툭툭 털며 일어났다. 머리를 매만지며 노빈손이 있는 쪽으로 걸어오던 암석드롱은 옆에 서 있는 사나이를 보곤 깜짝 놀라며 허리를 숙였다. 전투태세였다.

"하하하! 깨어났군. 자네도 반갑네, 반가워."

백발을 휘날리면서 사나이는 호탕하게 웃으며 손을 내밀었다. 사나이는 쉽게 손을 내밀지 못하는 노빈손과 암석드롱의 손을 억지로 들어올려 악수를 했다. 얼떨결에 악수를 하게 된 그들은 떨떠름한 표정이었다.

"내 소개를 먼저 하지. 난 우주연방 태양계 소속의 현상금 사냥꾼 돈 쥐어반니라고 한다. 만나게 되서 반갑다. 달에 낯선 종족이 침입했다는 정보를 입수하고 내 조수들을 시켜 너희를 빼왔지. 오랜만에 현상금이나 탈까 해서 말이야. 그런데 지구인이라니……. 놀랍군."

"현상금 사냥꾼이라고요? 에이, 그런 게 어디 있어요."

겉모습이나 우리말을 하는 걸로 봐서 외계인은 아닌 것 같은데. 노빈손의 입에선 자기도 모르게 웃음이 터져 나왔다. 이렇게 키도 작고 노인 같은 몰골에 현상금 사냥꾼이라니……. 파파 스머프 사냥꾼인가?

암석드롱은 의심스러운 눈초리로 돈 쥐어반니를 바라봤다.

"내 오랜 수사 경력에 의하면, 너는…… 지구에서도 나를 스토킹했던 범죄자 돈 주리용이 아니냐? 매우 닮았는데? 달까지 쫓아오다니, 이 지독한 녀석!"

백발 사나이의 얼굴이 순간 몹시 일그러졌다. 사나이는 강렬한 눈빛으로 총을 꺼내 겨누었다.

"나를 멋대로 판단하거나 내 직업을 모욕하지 마라!"

허걱—. 노빈손은 총을 보자 갑자기 정신이 번쩍 들었다. 지금은 웃고 있을 상황이 아니었고 지구도 아닌 달이었다.

달에 불시착한 후, 정체불명의 외계인들에게 잡혔다가 이런 지경까지 왔다. 지금 총을 겨누고 있는 사나이 또한 섣불리 믿어서는 안 될 상황. 더군다나 지구어까지 할 수 있는 그의 비위를 건드려서 좋을 일은 없었다.

노빈손은 간신히 웃음을 멈췄다. 암석드롱은 눈에 힘을 풀며 바로 저 자세로 돌입, 돈 쥐어반니에게 능글능글한 표정으로 말을 건넸다.

"죄송하게 됐습니다. 저의 착각을 용서하세요. 그리고 이 녀석이 제 조카인데 정신 연령이 좀 떨어져서 말이죠."

사나이는 노빈손의 얼굴을 자세히 뜯어보더니 충분히 이해가 간다는 듯 고개를 끄덕였다.

"음음, 그래. 사실 나도 그리 평범한 외모가 아니라 오해를 많이 받는 편이지. 엉뚱한 추리를 하는 노랑머리 너도 이상하지만, 더 이상한 건 민머리 녀석, 너야. 생김새를 보니 외계인이라고 해도 누구든 믿겠군. 외계인 녀석들이 보통 멍청한 게 아니거든. 하하!"

"제가 어딜 봐서 외계인이에요! 대한민국 대표 꽃미남 노빈손을 보고……."

"허허허! 지구를 못 가본 지 아주 오래되었지만, 설마…… 요즘 지구 물이 안 좋은가 보지?"

노빈손은 얼굴을 붉히며 돈 쥐어반니를 쳐다보았다. 하지만 돈 쥐어반니는 그런 노빈손의 눈길을 느끼지 못하는지 계속 딴청을 피웠다.

"그래, 자네는 이름이 어떻게 되는가?"

"저는 범죄자들의 공포의 대상, 전직 FBI 요원 닐 암석드롱이라고 합니다. 이쪽은……."

"전 지구 대표 꽃미남 노빈손이라고 해요."

돈 쥐어반니의 슬픔

돈 쥐어반니는 부모님의 뜻대로 정말 돈을 많이 벌었는지 크레이터 안에 숨겨져 있는 돔 모양의 집으로 일행을 안내했다. 음식을 해 먹을 수 있도록 설계되어 있는 부엌, 폭신폭신한 침대, 화장실까지. 지구의 행복한 가정집으로 온 듯한 느낌을 주는 내부였다. 그러나 바깥으로 보이는 달의 풍경은 황량하기 그지없었다.

"에, 그러니까 원래는 지구인이었다, 그런 말이에요?"

노빈손은 돈 쥐어반니의 말을 믿을 수 없다는 듯이 그를 위아래로 훑어보았다.

"그렇다니까. 1966년. 잊을 수 없는 날이야……. 러시아가 스푸트니크 1호 위성을 발사한 후, 1958년 NASA가 생겼지. 그리고 난 NASA 1기 우주비행사가 되는 기쁨을 누렸네. 아폴로 계획이 시행되기 이전 미국은 제미니 시리즈를 우주에 띄워 보냈어. 2기 우주비행사로 뽑혔던 닐 암스트롱이 제미니 8호에 탑승하여 세계 최초로 우주 도킹에 성공하는 쾌거를 이뤄냈지. 1기로 뽑혔던 나로선 은근히 탑승을 기대했지만 기회가 주어지지 않았어."

"그래서 어떻게 됐나요?"

"난 꾸준히 우주비행사로서의 여러 가지 훈련들을 수행해 나갔네. 그러던 도중, 나에게도 우주선을 탑승할 수 있는 기회가 주어졌지. NASA는 아폴로 시리즈를 전격적으로 추진하기 시작했고, 드디어 난 아폴로 0호에 탑승을 하게 됐단다. 긴장되는 순간! 성공적으로 지구의 궤도에 올라왔지만 우주선은 알 수 없는 오류로 인해 궤도 밖으로 튕겨져 나가버리고 말았어. 그리곤 그대로 우주 미아가 된 거야."

돈 쥐어반니는 어느샌가 눈시울을 붉히고 있었다. 그의 붉어진 눈은 그간의 힘들었던 기억을 보여주기에 충분했다. 돈 쥐어반니는 사람들 앞에서 눈시울을 붉힌다는 것이 쑥스러웠는지 갑자기 노빈손에

우주비행사가 되고 싶어요

신체적인 조건은 시력이 맨눈으로 0.2 이상에 교정 시력이 1.0 이상, 신장은 152cm에서 193cm 사이면 된다. 공학, 생물과학, 물리, 수학에 관한 학사학위와 3년 정도 관련 분야에서 일을 해야 하고 조종사 경력이 있어야 하고, 회사를 다니지 않고 공부를 했을 경우 석사는 1년 정도, 박사는 3년 실무 경력으로 대치할 수 있다고 한다. 거기에 제트기 조종사로서 1천 시간 이상의 비행 경력이 있어야 한다니……. 또한 미국의 우주왕복선을 조종하는 비행사가 되려면 꼭 미국 시민권자여야 한다고 한다.

게 퉁명스러운 말투로 물었다.

"요즘에는 이렇게 비실비실하게 생긴 녀석이나 늙다리에 덩치 큰 녀석도 우주선에 태우나?"

"비록 제가 오고 싶어서 온 것은 아니지만, 이 정도 체격은 돼야 뭘 할 수 있죠! 아저씨가 너무 작은 거 아니에요?"

"그 당시에는 우주비행사가 될 수 있는 조건이 아주 까다로웠다고."

"어땠는데요?"

"40세 이하에 키는 157cm 이하여야 했어. 그리고 공학박사 학위를 소지하지 않으면 안 되었다네. 1,500시간 이상의 비행기 조종 경력도 포함되어야 했지. 물론 남자만! 우리 시절에 우주비행사가 되는 것은 엄청난 학식을 가진 로맨티스트라는 증거였지."

"이야~ 우주비행사가 되는 일이 힘든 일이었군요. 요즘은 그렇게 힘들지 않을 텐데……."

가만히 앉아서 노빈손과 돈 쥐어반니의 대화를 듣고 있던 암석드롱이 불쑥 말을 꺼냈다.

"키는 152cm 이상 193cm 이하이며, 매우 건강한 자여야 하고, 공학이나 물리학, 생물학, 수학 등의 학위를 지녀야 한다. 이상 2000년

도에 책정된 우주비행사의 조건!"

"오~ 암석드롱 아저씨. 어떻게 아셨어요. 사람이 달라 보여요."

"우주를 자주 왕복하셨던 우리 할아버지처럼 나도 우주비행사가 되기 위해 부단히 노력을 한 사람 중의 한 명이지. 할아버지와 달리 학위에서 걸려 매번 실패하긴 했지만 말이야……."

"그런데 말이야, 자네들은 우주비행사도 아니면서 어떻게 달에 오게 된 거지? 요즘 지구는 우주비행사가 아니더라도 우주선에 태워주나?"

"아, 저희가 타고 온 우주선은 할아버지께서 물려주신 유품입니다. 할아버지께선 우주선과 함께 유리구슬의 메시지를 달에 가서 풀어 오라는 유언을 남기시고 돌아가셨답니다."

"그런 허무맹랑한 말이 어디 있나? 내가 우주에서 한참을 있었지

만 그런 이야기는 들어본 적도 없네."

암석드롱은 우주복의 허리춤에서 조그마한 유리구슬을 꺼내 들었다.

"엇! 저건…… 칼레리나의?"

돈 쥐어반니는 암석드롱이 조심스레 꺼낸 유리구슬을 이리저리 돌려보더니 놀랍다는 표정을 지어 보였다. 유리구슬은 빛을 뿜어내며 외계어를 드러내기 시작했다.

카오실리아 공화국을 구하라

"외계 죄수?"

"그렇단다. 너희들을 처음에 잡아갔던 징그럽게 생긴 녀석들이지."

"그러면 죄수들이 달을 장악하고 있다 그런 건가요?"

"정확하게 봤네. 그 녀석들은 반역죄로 퇴출된 집단이야. 질 나쁜 녀석들."

"제 오랜 수사 경력에 의하면, 돈 쥐어반니 씨의 말이 맞는 거 같습니다. 몇 번 기절한 걸 생각하면 아주……."

암석드롱은 아까의 끔찍했던 기억들이 떠오르는지 고개를 설레설레 젓고 있었다.

"그럼 이 유리구슬에 적혀 있는 말은 무슨 의미예요?"

노빈손의 질문에 돈 쥐어반니는 꼼꼼히 유리구슬을 살펴보기 시작했다.

지구가 위험하다. 지구가 위험하다. 달과 지구는 지금 엄청난 위기에 봉착해 있다. 이 위기를 넘기지 못한다면 달과 지구의 미래는 보장될 수 없다. 다시 한 번 반복한다. 지구가 위험하다.

-칼레리나

최초의 망원경

최초의 망원경이 만들어진 것은 1608년 네덜란드의 렌즈 제작자 리 페르셰에 의해서이다. 그러나 실제 별을 관측할 수 있는 천체 망원경을 만든 사람은 이탈리아의 갈릴레오 갈릴레이다. 그는 네덜란드에서 망원경이 발명되었다는 말을 듣고 곧 천체망원경을 만들었고 자신의 망원경을 이용해서 달의 분화구, 태양의 흑점, 목성의 위성 등을 관측했다고 한다.

"이건 구조 요청이 아니라 거의 협박성인데요?"

"하하하, 그건 어쩔 수 없다네. 항상 죄수들을 상대하는 칼레리나 특유의 터프한 성격 덕분이지."

"그런데 지구가 위험하다는 건 무슨 말이죠?"

"카오실리아 공화국은 지금으로부터 7442년 전에 안드로메다 성운에서 태양계에 거점을 마련하기 위해 만들어졌지. 선조들은 이곳에 도시를 만들기 위해 엄청난 노력을 했다고 들었어. 그렇게 만들어진 공화국은 지금까지 지구와 함께 동고동락을 해왔단다. 이건 알고 있겠지? 달이 지구로 날아드는 여러 운석들을 막아 준다는 사실?"

"그거야 당연히 알고 있죠! 달이 없다면 지구는 엄청난 피해를 입게 되겠죠. 밀물과 썰물이 사라지니깐 지구의 바다생명체에게 큰 동요가 올 것이고, 밤을 비춰 주는 낭만적인 달을 보지 못하게 되잖아요."

"그렇지. 잘 알고 있군. 그리고 달의 인력 때문에 유지할 수 있었던 지구의 자전과 공전 궤도에 이상이 생기게 되지. 그건 지구에 있어서는 초유의 사태야."

"자전과 공전 궤도의 이상?"

"그러니까 달의 인력이 사라지면 지구의 자전축이 안정되질 않아 주변 행성의 영향에 따라 지구의 자전축이 기우뚱하는 경우가 생길 수 있고 그렇게 되면 계절도 왔다 갔다 하며 변화가 일어날 거야. 그럼 생태계에도 치명적인 영향을 끼치겠지."

노빈손은 달의 중요성에 대해서 깨닫게 되었다. 그동안 그 고마움을 알지 못했다는 것이 새삼 부끄럽게 느껴졌다. 지구의 생존을 위해서 달은 꼭 필요한 존재였던 것이다.

"달은 그만큼 지구에 중요한 영향을 끼치고 있다네. 그런 중요한 달에 대해서 사람들은 모르는 부분이 너무 많아. 나도 우주에 나와서 보니 알게 된 것이지만 지구인들이 달에 우주선을 착륙시키고 환호할 때, 그 착륙으로 인한 진동이 달에서는 전체적으로 한 시간 동안이나 지속된다네."

"헉, 우주선 한 대가 착륙하는 데 무려 한 시간이나 되는 진동이요?"

우주인에게 가장 필요한 것은 인성

많은 우주인들에게 물어본 결과, 우주인에게 가장 필요한 것은, 힘든 훈련을 견디고 다른 나라 우주인들과 원만하게 지낼 수 있는 인성이라고 답했다. 극한 상황이 왔을 때 잘 협력할 수 있는 것이 무엇보다 중요하다는 것. 그래서 우주인 선발 시험 중엔 물이 한 모금밖에 안 남은 상황에서 어떻게 다른 지원자들과 지내는가를 평가하는 항목도 있다고 한다.

"그렇다네. 카오실리아 공화국을 세우시고 지구인들과의 교류를 원하셨던 목빠지네 선왕께서는 그 진동으로 인해서 돌아가셨지."

"아, 그럼 그 메시지는?"

"여기 서명이 되어 있듯이 칼레리나가 보낸 것일 거야. 그녀는 지금 감금이 되어 있는 상태일 텐데……. 어떻게 보냈는지 궁금하군."

"칼레리나라는 사람은 누구예요?"

"그녀는 우주연방 첩보국장이야. 주로 거물급의 죄수들을 다루지. 여러 행성에 스파이를 심어 두는 일을 하기도 하고."

최초의 여성 우주비행사

1963년 6월 구소련의 우주비행사 발렌티나 텔레시코바가 여성으로서는 세계 최초로 우주비행을 기록했다. 아마추어 낙하산 동호회 회원이었던 그녀는 1963년 6월 16일, 보스토크 6호에 탑승해 지구 궤도를 48번이나 도는 71시간의 비행을 마치고 지구로 귀환하였다. 그 뒤로 19년 동안이나 여성 우주비행사는 없었다고 한다.

"그런데 어쩌다 감금되어 있는 거예요?"

"전 은하에 걸쳐서 악명 높은 말머리성운파의 우두머리인 블랙혼이 삼엄한 안드로메다의 단속을 이기지 못하고 그나마 단속이 덜한 태양계로 넘어온 거지. 그들은 달의 정권을 잡고 달의 주민들이 살아가기 힘들게 만들었지. 그들을 잡기 위해 여러 명의 현상금 사냥꾼과 경찰들을 투입했지만 다들 실패로 돌아가고 말았어. 그래서 그녀가 직접 블랙혼을 잡기 위해 달로 출동을 한 거야."

"그래서 잡으셨나요?"

"소탕 작전은 성공이었어. 나도 그녀의 일이라면 발 벗고 나서 작전에 참여하게 됐지. 덕분에 블랙혼 수하의 행동대장들을 몇 잡아넣어 현상금을 좀 챙기기도 했어. 문제는 그 다음이었네. 녀석들을 우주연방 본부로 후송하던 중, 블랙혼이 탈출하는 초유의 사태가 벌어진 거야. 그리고 칼레리나는 말머리성운파에게 납치를 당하게 됐네."

"칼레리나라는 분하고 친하셨나 봐요?"

"그녀도 역시 나와 같은 지구인이었거든."

"지구인?"

"그녀도 우주비행사였어. 차이가 있다면 나는 미국의 우주비행사였고 그녀는 소련의 우주비행사였지. 나중에 알게 된 사실이지만, 그녀는 최초의 여성 우주비행사로서 소련의 우주선 시리즈 중의 하나인 보스토크 0호에 탑승하게 되었지. 하지만 나와 비슷한 이유로 인해 우주 미아가 되버린 거야."

"헉, 아저씨와 같은 사람이 또 있다는 건가요?"

"그래. 처음 만났을 땐, 미국과 소련이라는 그 당시 냉전 분위기에 휘말려 우리도 결코 친해질 수 없으리라 생각되었고 직업의 상관관계도 내겐 견디내기 힘든 것 중 하나였지. 내가 잡은 죄수들을 그녀가 집어넣는 꼴이었으니 말이야. 형사와 탐정 정도의 사이라고 해둘까? 서로에게 꼭 필요한 존재이긴 하지만 친해지기 힘든 관계 말이야. 하지만 시간이 갈수록 외계인들이 사는 이곳에서 지구인과 함께 있다는 것이 서로에게 큰 힘이 됐지."

노빈손은 이 낯선 우주에 지구인들이 있다는 사실이 놀라웠다. 강제로 이 곳까지 오게 만든 암석드롱이 밉긴 했지만 같이 죽을 고비를 넘긴 것을 생각해 보면 그래도 지구인과 이렇게 함께 있는 것이 얼마나 다행스런 일인지. 그러나 암석드롱은 돈 쥐어반니의 지루한 말에 어느새 잠이 들어 있었다.

"어휴, 기대를 한 내가 잘못이지. 앞으로의 일이 걱정된다, 걱정돼."

노빈손이 투덜거렸다.

창 밖으로 보이는 달에 어느새 밤이 찾아오고 있었다.

달 탐험 역사

1957년 구 소련의 스푸트니크 호 발사 성공으로 인류는 지구를 떠난 우주 공간에서 지구를 바라볼 수 있게 되었다. 그 후 유인 인공위성의 개발, 여성 우주비행사의 탄생, 달 표면 근접 촬영, 달 뒷면의 탐사, 달 정복 등 미국과 구 소련을 중심으로 우주 개발 경쟁 시대로 접어들었다.

달 탐험에 역사적 획을 그은 계획들

★스푸트니크 호

구 소련에서 1957년 10월 4일 발사에 성공한 인류 최초의 인공위성이다. 약 230km 가까이 상공에서 타원 궤도를 그리며 지구를 1시간 35분 주기로 선회했다.

★루나 계획

구 소련의 달 탐험 계획을 말한다. 1959년 1월 2일에는 루나 1호, 1959년 9월 12일에는 루나 2호를 발사하여 최초로 태양 주위의 궤도를 돌도록 계획되었으나 실패하였다. 이어 한 달 후인 10월 4일에 발사한 루나 3호는 달의 뒷면으로 가서 인류가 보지 못했던 달의 뒷면을 촬영하는 데 성공했다.

★아폴로 계획

인간을 달에 보내기 위한 미국의 계획으로 1966년에서 1968년 서베이어 계획에 이어 1968년 아폴로 7호부터 시작되었다. 1969년 7월 16일에 발사된 아폴로 11호는 암스트롱을 선장으로 3인의 우주비행사가 탑승했는데 그 해 7월 20일 인류 역사상 처음으로 달의 표면에 인간이 내리는 쾌거를 이루었다. 아폴로 계획은 17호(13호는 실패)까지 실시되었다.

★소유즈 계획

인간을 달에 보내기 위한 구 소련의 계획으로 1967년 소유즈 1호가 발사됨으로써 시작되었다. 불행하게도 발사한 지 하루 만에 우주비행사가 지구로 귀환하다 사고로 사망하였다. 그 후 구 소련은 소유즈와 우주 정거장인 코스모스 계획을 이용, 달 탐험에 필요한 랑데뷰와 도킹 기술을 익히고 실험을 했다. 소유즈는 오늘날에도 우주 정거장 미르까지 왕복한다.

달 탐험의 이모저모

★달에서 발견된 물

본격적인 달 탐사가 이루어지기 훨씬 전부터 인류의 관심을 끌었던 달에는 생명체가 살 거라고 생각하는 사람들이 많았다. 그러나 과학의 발전과 함께 1970년대부터 본격적인 달 탐사가 이루어지면서 달에는 어떠한 생명체도 살지 않는 걸로 밝혀졌고, 각종 탐사 결과를 통해 달에는 물이 존재하지 않는다고 짐작되어졌다.

그러다가 1994년 발사된 클레멘타인 위성의 관측 결과가 97년경 발표되면서 남극 부근에 얼음 형태로 물이 존재할 가능성이 제기되었고 상황은 바뀌게 된다. 곧 이어 미생물 형태의 원시적 생명체가 있을 거라는 추측이 시작됐다.

★물 발견이 가지는 의의

물은 생명체가 살아가는 데 필수 조건이다. 달에 물이 없다면 지구에서 물을 가져가야 하는데, 달에 물이 있다고 하니 이때 드는 막대한 비용을 줄이게 된 것이다. 또한 물은 수소와 산소의 결합으로 이루어져 있다. 그러니 물을 분해해서 수소는 우주여행을 하는 귀중한 연료로 쓰고 산소는 호흡을 하는 데 쓰면 되는 것이다.

★움직이고 있는 달

시시각각 모양을 달리하는 달은 사실은 모양이 변하는 것이 아니다. 달이 우리 주위를 돌고 있기 때문에 태양 빛을 받는 위치에 따라 모양이 변하는 것처럼 보이는 것일 뿐이다. 달은 먼지 낀 거울처럼 햇빛을 우리에게 반사한다.

★달은 투명하다?

고대인들은 아무도 달의 모양이 변하지 않는다는 것을 알아내지 못했다. 매우 영리했던 고대 그리스인들도 왜 달의 모양이 변하는지 이해하지 못했다. 포시도니우스라는 그리스 과학자는 달은 지구 주위를 돌며 투명해서 약간의 햇빛이 통과한다고 생각했고, 아낙시만더라는 과학자는 달이 거대한 불덩이라고 생각했다. 이 모든 논쟁은 망원경이 발명되자 비로소 끝이 났다.

★인간들아! 내 말을 들어라!

기원전 1500년경 바빌로니아의 한 천문학자는 달과 별은 신들이 살고 있는 곳이라고 생각했다. "하늘은 지구를 둘러싸고 있는, 활과 같이 구부러진 모양의 문이다. 우리가 달을 보는 것은 신의 창문을 통하여 그 너머의 세계를 보는 것과 같다."

바빌로니아 사람들은 이와 같이 신비로운 생각을 했지만 하늘에서 달과 별들이 움직이고 있다는 사실은 올바르게 알고 있었다. 또 바빌로니아 사람들은 달과 별들의 움직임은 신들이 인간에게 보내는 통신이라고 생각해서 밤마다 하늘을 쳐다보았다고 한다. 그렇게 해서 고대 점성술이 시작된 것이다.

★ 돼지가 갉아먹은 달

이집트 사람들은 바빌로니아 사람들과는 다른 생각을 가지고 있었다.
"돼지가 조금씩 갉아 먹어서 모양이 변하는 거야! 때로는 아예 삼켜 버리기도 하지!"

물론, 이집트 사람들의 생각은 틀린 것이었다. 돼지가 달을 갉아먹다니? 말도 안 되는 소리다. 하지만 시시각각 변하는 달의 모습을 보면 과거의 이집트 사람들이 그렇게 생각할 수도 있었을 것 같지 않나?

칼레리나 원정대 결성

노빈손은 암석드롱을 흔들어 깨웠다.

돈 쥐어반니는 노빈손과 암석드롱을 보며 대충 분위기를 이해하겠다는 듯 피식 웃으면서 말했다.

"너희들, 가기 싫다면 가지 않아도 좋아. 나도 자신이 없는 건 마찬가지지만, 노익장을 한번 과시해 보지 뭐. 그리고 지금부터 너희 둘의 안전은 내가 지켜주겠어. 하지만 힘든 부분도 많을 거다."

"안전이라니요?"

"이건 목숨이 달려 있는 일이야. 우리는 전 은하 최대의 문제아이자 강력한 집단인 블랙혼의 말머리성운파와 정면으로 맞서 싸워야 할 입장이지. 그는 이미 정치권은 독점하다시피 했고, 자기 부하들을 풀어서 도시의 요소요소에 배치해 놓기까지 한 실정이네. 그리고 칼레리나처럼 영향력 있는 인물을 무방비하게 지키고 있지는 않을 테니까. 더군다나 달의 환경에 익숙하지 않은 너희들은 훨씬 더 위험할 수 있는 것이야."

"흐음……."

노빈손은 잠시 눈을 감고 생각에 잠겼다. 오직 NASA의 우주비행사만이 올 수 있을 것이라고 생각했던 우주에 왔다. 그리고 우주 죄수들하고 싸워 보지도 못하고 소리 없이 사라진다는 것은 노씨 가문의 독자로서 있을 수 없는 일이었다. 또한 지금 그들이 출발하지 않는다면 지구의 위기는 어느 누구도 막을 수 없는 일이 될 것임에 틀림없었다. 노빈손은 지구를 지키는 정의의 사도가 된 듯 비장한 목소리로 대답했다.

"좋아요! 가겠어요. 아름다운 지구를 제 손으로 지켜내고 말겠어요!"

암석드롱도 맞장구를 쳤다.

"나도 당연히 가는 걸로 해주시오. 우주를 자주 왕복하셨던 우리 할아버지의 못다 이룬 꿈을 제가 완성해 드려야 합니다. 제 오랜 수사 경력에 의하면, 절 빼놓고 간다는 것은 말이 될 수 없지요!"

돈 쥐어반니는 호탕하게 대답하는 두 남자를 보며 흐뭇한 표정을 지었다.

지구에서 가장 가까운 별은?

화성? 금성? 아니다. 우리가 알고 있는 화성, 금성, 목성 등은 별이 아닌 행성이다. 지구에서 가장 가까운 별은 낮에 보이는 태양이다. 그러나 태양도 지구에서 약1억 5천만km나 떨어져 있다. 사실 이 거리는 우주에서는 극히 짧은 거리이다. 밤하늘의 별 중 가장 가까운 별은 지구로부터 약 4.2광년 떨어져 있는 켄타우루스 자리의 프록시마라는 별이라고 한다.

"자, 그럼 슬슬 출발해 볼까? 나도 블랙혼을 빨리 잡아서 이 빈곤한 재정난을 해결해야지. 하하하!"

돈 쥐어반니의 웃음소리가 우렁차게 울려 퍼졌다.

노빈손과 암석드롱, 외계인으로 변신하다

돈 쥐어반니의 손에 펼쳐 있는 월면지도에는 달의 뒷면까지 갈 수 있는 경로가 표시되어 있었다. 그 곳까지 갈 운행수단은 월면을 효과적으로 달릴 수 있게 설계된 돈 쥐어반니의 트럭이었

달의 뒷면

밤이 되면 어김없이 우리의 눈에 보이는 달. 우리가 항상 보는, 토끼가 절구 찧는 달 표면의 모습은 달의 앞면이다. 왜 한쪽만 보이는 걸까? 그 이유는 달의 공전주기와 자전주기가 똑같기 때문이다. 사람의 눈에 보이지 않은 달의 뒷면. 많은 부분을 밝혀내긴 했지만 여전히 많은 의혹과 미스터리를 가지고 있다.

다. 칼레리나가 감금되어 있는 공화국의 중심부는 달의 앞면이 아닌 뒷면에 위치하고 있었다.

"마지막으로 다시 한 번 설명해 주겠다. 우리는 지금 비의 바다 중간 지점인 B 지점에 정차해 있는 중이다. 달의 뒷면 쪽으로 가려면 비의 바다를 관통하는 편이 쉽지만 그 쪽은 말머리파의 경계가 삼엄하기 때문에 우회를 해서 갈 것이다. 00시 XX분을 기점으로 이곳에서 출발, 아펜니누스 산맥을 넘고 예상시간 xx시 yy분에 크레이터 삼형제라 불리는 곳을 지나가게 될 것이다. 그리고 달의 뒷면에 엎어져도 코가 닿을 만한 곳, 습기의 바다에서 하룻밤을 자고 다음날 AM 00시 00분. 최종적으로 달의 뒷면에 도착하는 것이 이번 원정의 첫 번째 코스이다. 이의 있는 사람은 제기하도록!"

돈 쥐어반니의 말이 끝나기가 무섭게 노빈손은 손을 번쩍 들며 물었다.

"엎어지면 코 닿을 데서 왜 하룻밤을 자고 가요?"

"도착 예상 시간대로 본다면 우리가 습기의 바다에 도착할 시간엔 달의 밤이 찾아오네. 내가 주는 특수의복을 입으면 괜찮겠지만, 적응이 되지 않은 밤의 온도를 자네들이 이겨낼 수 있을지는 미지수이군."

"특수의복이라는 것은?"

"자네들이 지금 입고 있는 우주복은 매우 정교하게 만들어져 있고, 성능도 매우 뛰어날 걸세. 하지만 그대로 입고 갔다간 말머리파 녀석들에게 나 잡아 주세요~ 하는 꼴밖에 되지 않겠는가?"

"그, 그렇군요. 특수의복이라는 것 좀 보여 주세요."

돈 쥐어반니는 노빈손과 암석드롱의 얼굴을 샅샅이 살펴보았다.

"일단, 빈손이 먼저 하자. 넌 머리카락도 별로 없고 배도 많이 나와서 변장하기 쉬울 것 같구나. 내가 아까도 이야기했지? 외계인이랑 닮았다고. 그러면, 빈손이는 해결이 된 듯싶은데……."

돈 쥐어반니는 고민스러운 표정을 지으며 암석드롱을 쳐다보았다. 우람한 체격, 외계인에 걸맞지 않는 훤칠한 키, 수북하게 자라 있는 금발 등이 그를 변장시키는 데 있어 힘든 부분이었다. 돈 쥐어반니는 한참 고민 끝에 손뼉을 치며 브라보를 외쳤다.

"암석드롱 자네는 애완동물이 되는 게 좋겠군."

"네에? 애완동물요? 설마 팻(pet)이 되라는 그런 말이세요?"

"그렇지. 팻. 카오실리아 공화국에서는 지구에서 볼 수 없는 여러 가지 애완동물들을 기르고 있어. 지구에서 이미 멸종되고 없는 공룡의 유전자를 조작, 조그맣게 만들어서 데리고 다니는 경우도 있고, 성격을 온순하게 만든 늑대인간도 자주 데리고 다니는 애완동물 중에 하나지. 아마 도심부에 들어서서 주변에 돌아다니는 사람들을 보면 실감할 수 있을 거야."

노빈손은 얼마 전 TV에서 보았던 〈파리의 늑대인간〉이라는 영화가 문득 떠올랐다. 영화를 보는 내내 실제로 늑대인간이 어떻게 생겼을까 하는 의구심을 품었는데.

"암석드롱 아저씨! 늑대인간에 대한 프로그램을 얼마 전에 TV에서 봤는데 엄청 멋있던데요?"

돈 쥐어반니는 한쪽 검지로 뺨의 한가운데를 지긋이 눌렀다.

"그럼 다들 변장을 할 준비는 된 건가?"

"내 오랜 수사 경력에 의하면, 이건 좋지 않은 방법입니다. 전직 FBI 요원이 늑대인간이 되다니! 우주를 자주 왕복하셨던 우리 할아버지께서 이런 일까지 하라고는 말씀 안 하셨고, 특히나 저처럼 가장 완벽한 지구인, 신체 건강한 성인 남성이 어떻게 그런 짐승스런 일을…… 아얏!"

돈 쥐어반니는 횡설수설 뒤로 꽁무니를 빼는 암석드롱의 팔을 민첩하게 비틀며 질질 끌고 갔다.

돈 쥐어반니는 트럭의 한쪽 구석을 뒤집어 엎고 나서야 두 개의 옷을 꺼내어 흔들었다.

"자자, 빨리들 입어보라구!"

노빈손이 먼저 옷을 갈아입었다. 앙상한 몸통과 팔다리, 몸에 비해 큰 머리, 몇 가닥 남아 있지 않는 머리카락. 노빈손은 영락없는 외계인으로 보였다. 잠시 후, 복장이 맘에 들지 않는지 암석드롱이 투덜거리며 모습을 드러냈다.

노빈손과 돈 쥐어반니는 변장한 암석드롱을 보며 경악을 금치 못했다. 험상궂은 얼굴, 갈기갈기 내려온 백발, 감쪽 같은 늑대인간 옷. 그 모든 것이 완벽했다. 그는 이미 늑대인간이었다.

우주 최고의 패션 트렌드 우주복

★우주는 어떤 환경을 가지고 있을까?

우주는 우리가 살고 있는 지구와는 다른 환경으로 되어 있다. 대기압이 작용하지 않고 산소가 없는 공간이다. 그리고 태양열에 의해 온도가 아주 높아지거나 아주 낮아지는 현상이 반복되는 곳이다. 또한, 빠른 속도로 날아다니는 우주 먼지와 각종 전자파 및 방사능 등이 우주비행사들을 위협하고 있다. 따라서 우주비행사가 비행선 밖으로 나와 자유롭게 활동하기 위해서는 몸을 보호할 수 있는 최첨단 우주복을 입어야만 한다.

★우주복을 입지 않고 우주선 밖으로 나가면 어떻게 될까?

인간은 고도 9km만 올라가도 생명의 위협을 받는다. 질소가 혈액 속으로 녹아 들어가 피의 흐름을 막기 때문이다. 또한 20km 정도의 고도가 되면 대기압이 낮아서 세포에 기포가 생기며 혈액이 끓어오르게 된다. 고도가 높아지는 것만으로 인간이 살기 힘든 상황에서 만약 인간이 맨 몸으로 우주 공간에 나가게 된다면 어떻게 될까? 끔찍한 결과는 예상이 되지만 과학적으로 그 과정을 살펴보자.

인간의 몸 안은 1기압을 유지하고 있다. 지구의 대기압이 몸을 1기압으로 누르고 있기 때문에 몸 안에서 같은 힘으로 밀어내고 있는 것이다. 하지만 우주 공간은 진공, 즉 0기압이다. 우주복을 입지 않은 상태로 우주 공간에 나가게 되면 1기압과 0기압의 압력 차로 인해 몸이 터져 버릴 것이다.

또한 기압이 낮아지면 액체의 끓는점이 낮아진다. 즉, 높은 산에서 밥을 하면 물이 100℃보다 낮은 온도에서 끓기 때문에 밥이 잘 되지 않는 원리와 같다. 이와 같이 기압이 0인 우주에서는 상온에서도 사람의 혈액이 끓어오르게 되어 죽게 된다.

★ 우주복의 기능

우주복은 크게 헬멧, 장갑, 장화, 몸체, 생명유지 장치 등으로 구성되어 있다. 헬멧은 작은 유성체나 자외선, 적외선으로부터 보호하는 기능을 한다. 태양 빛으로부터 눈을 보호하기 위해 금으로 도금된 창이 붙어 있으며 통신, 식사가 가능하도록 설계되어 있다.

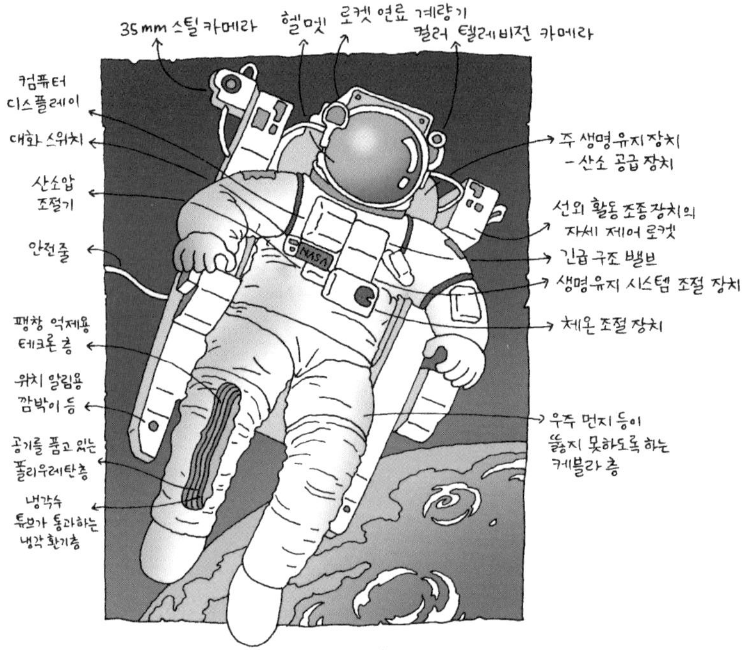

장갑은 우주에서 장비를 조작할 때 감도를 높이기 위해 실리콘 고무로 만들어졌으며, 몸체와 장갑의 이음새 부분은 압력밀봉 장치로 강력하게 연결되어 있다. 장화의 안창은 실리콘 고무재질이며 겉은 금속섬유로 만든 직물이다. 걷기 편하게 가볍게 만들어져 있고 단열 처리가 잘 되어 있다. 또한 생명유지 장치가 우주복 뒤쪽에 부착되어 있다. 이것은 산소를 공급하고 습도와 압력을 조절하며, 통신에 필요한 전력을 공급한다.

우주복 몸체의 경우 12~14개의 층으로 이루어져 있다. 그리고 층마다 우주비행사들이 우주 공간에서 임무를 수행할 수 있도록 구성돼 있다. 신축성 있는 재질로 비행사들의 몸에 우주복을 밀착시키는 스판덱스 층, 냉각수를 흘려보내는 층, 공기를 품고 있는 우레탄 층, 압력 차로 인해 공기가 부풀어 오르는 것을 막는 테크론 층 등으로 이루어져 있다. 인간이 우주에서 자유롭게 행동할 수 있는 것은 많은 신소재들의 집합체인 우주복이 있기 때문이다.

우주선 밖으로 나가기 위해서 우주복을 입는 데 걸리는 시간은 약 45분 정도이다. 그리고 우주의 기압에 적응하기 위해서 1시간가량이 더 소모된다. 이렇게 우주복을 입고서 우주선 밖으로 나오게 되면 8~10시간 정도를 버틸 수 있다.

여러 가지 장치를 보유하고 있는 우주복은 무거울 수밖에 없다. 다양한 장비들을 탑재한 우주복의 무게는 무려 약 100kg 정도나 된다. 하지만 우주비행사들이 임무를 수행하는 데 있어서는 큰 무리가 없다.

우주비행사들이 모두 힘이 세서일까? 그렇지 않다. 달의 경우 지구 중력의 1/6이므로 100kg의 우주복이 14kg 정도의 무게로 느껴지기 때문.

우주선이란 무엇일까?

우주 공간에 발사된 인공천체를 우주선이라 한다. 관측 · 시험 및 연구 조사 혹은 어떤 실용적인 목적으로 사용된다.

우주 개발 초기에는 인간이 로켓으로 발사한 인공위성을 모두 우주선이라고 명명했다. 그러나 현재는 사람이 타고 지구 주위를 도는 위성 궤도상의 유인 인공천체는 유인위성(有人衛星), 지구 궤도 밖으로 나간 사람이 탄 인공비행체를 우주선이라고 한다.

미국에선 지구 궤도를 벗어난 인공천체를 모두 'SPACECRAFT(스페이스 크래프트)' 라고 하지만 한국에서는 무인 인공위성일 경우에는 인공위성이라 하여 구별하고 있다.

우주선이 공간을 여행할 경우 지구 궤도로부터 발사된 속도로 진행된다. 그래서 대기권 진입시 마찰열을 이겨낼 수 있는 여러 구조물이 구비되어야 한다. 또한 스스로 우주선의 자세를 항상 조정할 수 있는 추진제 · 분사 장치, 지구 귀환이 가능한 로켓 추진제 등이 필요하다.

지상 관제소의 전파 지령 등에 의해 우주선은 거의 자동적으로 조종되지만 우주비행사의 부담을 덜어 주는 여러 시설도 갖춰야 한다. 진공, 큰 온도 차, 각종 방사선, 행성이나 그 밖의 성간 물질로 인한 생명의 위험으로부터 보호받을 수 있는 환경 조건이 구비되어야 하고 지상으로부터 완전하게 격리되어야 한다.

★우주선을 분류한다면

지구 위성 지구 주위를 돌며 천체나 우주를 관측하고 원격 탐사를 하는 인공위성을 지구 위성이라 한다. 과학 위성, 통신 위성, 방송 위성, 기상 위성, 지구 자원 탐사 위성, 항행 위성, 측지 위성, 전리층 관측 위성, 군사 위성 등 용도에 따라 나누며, 또한 궤도에 따라서는 저궤도 위성, 중궤도 위성, 고궤도 위성, 정지 위성, 극궤도 위성 등으로 나눈다.

* 행성, 별, 은하를 관측하기 위하여 외계로 발사시킨 우주선을 우주탐사선이라고 한다.

★세계의 우주선 개발

최초의 인공위성 스푸트니크(Sputnik) 1호 - 1957. 10. 4

우주로 간 최초의 개 '라이카(Laika)', 스푸트니크 2호 - 1957. 11. 3

최초의 달 탐사 계획, 루니크(Lunik / Lunar) 호 - 1959. 1. 2

최초의 달 착륙, 루나 9호 - 1966. 2. 3

최초의 달 궤도 진입, 루나 10호 - 1966. 3. 31

최초의 우주인 '유리 가가린', 보스토크(Vostok) 1호 - 1961. 4. 12

최초의 화성 탐사 계획 우주선, 마스(Mars) 1호 - 1962. 11. 1

최초의 여성 우주인 '테레시코바' 보스토크 6호 - 1963. 6. 16

최초의 우주 랑데뷰, 보스토크 5호 · 6호 - 1963. 6. 16

최초의 다인승 우주선, 보스호트(Voskhod) 1호 - 1964. 10. 12

인간 최초의 우주 유영 '레오노프 대령', 보스호트 2호 - 1965. 3. 18

최초의 유인 우주선 도킹, 소유즈 4호 · 5호 - 1969. 1. 16

달 착륙 무인 우주선, 루나 16호 - 1970. 9. 12

인간의 우주 체류의 꿈, 최초의 우주정거장, 살류트(Saliut) - 1971. 4. 19

2세대 우주정거장, 살류트 6호 · 7호 - 1977. 9, 1982. 4

3세대 우주정거장, 미르(Mir) - 1986. 2. 20

우주왕복선, 부란 - 1988. 11. 15

★달 착륙선은 이렇게 구성되어 있다

두 사람의 우주비행사를 달 표면에 내려 주고, 다시 모선으로 돌아가게 하는 달 착륙선은 아폴로 우주선의 사령선과 기계선에서 떨어져 달 표면을 왕복하는 기능을 갖는다. 달 표면 착륙용 하강 로켓과 이륙용 상승 로켓을 각각 주체로 상하부로 구성되어 있다. 상승부는 비행사의 거주용으로서 약 $5m^2$의 공간이 있으며 하강부에는 달에 내릴 때 감속용으로 사용하는 역추진 로켓이 있다. 이륙 시 하강부를 발사대로 달에 남겨둔다. 상승부로 이륙, 모선으로 돌아온 뒤 착륙선은 떼어 버린다.

범인 후송 차량을 타고

SF 영화에서 나오는 자동차들

SF 영화를 보면 종종 공중을 자유자재로 날아다니는 자동차들을 볼 수 있다. 그 자동차들을 자기부상 자동차라고 한다. 자기부상 자동차는 바퀴를 이용한 방식이 아닌 전자기의 반발력 즉, 같은 극의 자석끼리 밀어내는 성질을 이용하여 차를 공중에 띄우는 것이다. 지면과의 마찰이 없으니 속도 또한 무제한으로 낼 수 있다. 이 무공해 자동차를 탈 날이 곧 오겠지?

돈 쥐어반니가 데리고 간 곳엔 여러 종류의 차들이 전시되어 있었다. 주차장은 SF 영화 촬영장 세트 같았다. 즐비하게 늘어선 차들은 하나같이 범상치 않은 생김새를 가지고 있었다. 영화에서 보았던 것처럼 바퀴가 없는 스포츠카, 오토바이 같이 생긴 비행기 등 종류가 다양했다.

돈 쥐어반니는 멋진 차들을 하나하나 지나가더니 커다란 트럭 앞에서 멈추었다. 트럭은 지금까지 보았던 여러 차들에 비해 볼품없기 짝이 없었다. 왜 수많은 멋진 차들을 두고 이런 차를 타고 가야 하는 걸까.

"예쁜 것들도 많은데 꼭 이걸 타고 가야 돼요? 바퀴가 있는 걸로 봐선 날지도 못하는 거 아니에요?"

"타라면 타지! 나도 멋진 녀석을 골라 타고 가고 싶지만 어쩔 수가 없다고."

"어쩔 수가 없다니요?"

"다른 차들은 다 개인 차량이라 검문에 걸릴 위험이 많아. 검문에 걸려 실수라도 하게 되는 날엔 이 세상과 이별을 해야 할 슬픈 일이 일어나겠지. 그러니까 시키는 대로 말 좀 잘 들어!"

"근데 이 차는 다른 차들과 뭐가 다른가요?"

"당연하지. 이 차는 내가 특별 제작한 카오실리아 공화국의 범인 후송 차량이야. 원본을 따서 똑같이 만들어 낸 작품이다. 무엇보다 이 차에는 없는 것이 없지."

돈 줘어반니는 시간이 촉박하다며 차 뒷문을 열었다. 철창차에 타니 왠지 죄인이 된 듯한 기분이 들었다. 시동이 걸리는 소리와 함께 차는 서서히 움직였다.

감금(?)되어 있는 뒷좌석은 특이한 구조로 되어 있었다. 벽면이 유리로 되어 있었는데 그 유리는 안쪽에서는 바깥을 볼 수 있고 밖에서는 안을 볼 수 없는 형식이었다.

후송되는 사람들한테 마지막으로 바깥 구경 하라고 이렇게 만들어 놓은 것일까? 그러고 보니 아까 보았던 여러 멋진 차들도 유리 비슷한 재질로 만들어진 것처럼 보였는데…….

석영유리
다른 성분을 함유하지 않고 거의 규산무수물(규소와 산소의 화합물)로 이루어진 유리. 99.99999% 이상의 고 순도로 이루어져 있어서 기계적인 강도나 화학적 안정성이 풍부하다. 화학기구 등 특수한 방면으로 많이 쓰인다.

"저기, 여기 뒷좌석은 왜 유리로 되어 있는 거예요? 아까 봤던 차들도 비슷한 재질로 되어 있던 것 같던데."

"그건 레이저 때문이지."

"레이저? 아…… 혹시 반사! 이런 것 때문에?"

"그렇지. 나름대로 아는 것이 많은걸? 하지만 우리가 쓰는 일반 유리를 사용하는 것은 아니야. 우주의 무기들은 대부분 레이저로 이루어져 있지. 일반 유리가 대부분의 레이저를 흡수한다 해도, 흡수해내지 못한 소량의 에너지들이 모든 것을 박살낼 수 있거든. 그렇기 때문에 조금이라도 더 흡수력과 반사력이 좋은 석영으로 만든 유리를 사용한단다."

"아차차, 깜박 잊어버릴 뻔했군."

돈 쥐어반니는 갑자기 차를 멈추고 내렸다. 그리곤 얼굴만큼 큼직한 스티커 한 장을 꺼내어 앞좌석 창문에 붙이고 다시 탔다.

"뭘 붙이신 거예요?"

"아! 별 거 아니다. 검문을 피하기 위한 수단이지."

"뭐라고 쓰여 있는데요?"

"악질 괴수 한 쌍 타고 있음."

비의 바다

"지금 우리가 지나가고 있는 곳이 비의 바다란다."

돈 쥐어반니는 창 밖을 가리켰다. 어두운 색의 암석들로 이루어져 있어 주변이 잘 보이지 않았다. 달에 막 도착했을 때와 비슷한 풍경이었다. 노빈손은 TV에서 얼핏 달에 바다가 있다는 사실을 듣긴 했지만 왜 바다라고 부르는지 그 이유에 대해선 모르고 있었다. 달에도 물이 있나?

"이곳을 왜 바다라고 부르나요?"

"잘 생각해 봐. 왜 바다라고 부르는지."

"물이 있었나? 아니면……."

노빈손은 다시금 창 밖을 둘러보았다. 바닥의 암석들은 하나같이 검은 구멍이 뚫려 있었다. 조그마한 분화구들도 눈에 띄었다.

노빈손은 중학교 시절에 들었던 과학 수업이 생각났다. 입이 닳도록 외웠지만 정작 중간고사에 나왔을 때 틀렸던 문제였다. 구멍이 뚫려 있는 지형. 달의 바다. 노빈손은 알았다는 듯 무릎을 쳤다.

"달의 화산 활동에 의해 만들어진 곳 아닌가요? 그러니까 분화구에서 용암이 흘러나와 평평하게 바닥을 채운……."

"맞아 맞아. 바다의 형태는 대체적으로 커다란 원형으로 되어 있고 그 가장자리에는 산맥들이 둥그렇게 감싸듯이 발달해 있지. 우리가 이 바다를 빠져나가기 위해선 아페닌 산맥을 넘어야 해. 곧 도착할거다."

어이, 우주인들!

사람들은 점차 자신들을 태우고 달에 갈 수 있는 우주선을 설계하기 시작했다. 1650년 프랑스의 시나로 드 베르게락은 세 가지 의견을 내놓았다. 첫째는 병에 담긴 이슬이 태양에너지에 의하여 증발하면 그 에너지로 달에 갈 수 있다는 것. 둘째는 하늘로 자석을 던져 올려 쇠로 만든 차를 끌어올리도록 하자는 것. 이 두 가지는 말도 되지 않는 생각이었지만 그는 로켓을 이용해서 올라가는 그럴듯한 방법도 제시했다.

"그런데 바다라는 이름은 누가 붙인 건가요?"

"음…… 저녁에 달을 보면 토끼가 방아 찧는 모습을 볼 수 있지?"

"네! 그렇죠."

"그 부분이 지구에서 보이는 달의 바다야. 17세기 초 관측자들은 그 어두운 곳에 지구처럼 물이 가득 차 있으리라 생각하고 바다라 이름을 붙였지. 참 어리석긴 하지만 어떻게 생각해 보면 멋지지 않니? 비의 바다, 폭풍의 바다, 고요의 바다, 맑음, 감로주, 풍요…… 다들 멋진 이름들이지."

노빈손은 돈 쥐어반니의 말에 다시금 주위 풍경을 둘러보았다. 이곳에 물이 차 있다면 분명 달에도 사람이 살 수 있었으리라. 노빈손의 눈은 바다 저 멀리 보이는 아름다운 광경에 시선이 가 있었다.

"저것 좀 보세요! 지구에 있는 그랜드 캐니언 같아요!"

"절경이지? 저것이 아펜니누스 산맥이야. 달에 있는 여러 산맥 중에 가장 장대하고 인상적인 산맥이지. 특히 지금 우리가 있는 비의 바다는 볼거리가 많아서 다른 행성의 외계인들도 종종 구경을 하러 온단다. 우리가 멀리서 지나쳤지만 지나온 길에 있던 아르키메데스 분화구도 대단한 볼거리 중 하나지."

노빈손은 탄성을 질렀다. 족히 5천m 이상 되어 보이는 높은 봉우리, 그리고 계곡. 산맥 중간에는 조각칼로 파낸 듯한 V자형 계곡이 있어 눈길을 끌었다. 계곡은 마치 지구의 홍해를 연상케 하는 모양이었다. 노빈손과 암석드롱은 연신 탄성을 터트리며 달의 절경에 넋을 잃었다. 차는 600km나 뻗어 있는 아펜니누스 산맥을 옆으로 두고 신나게 달렸다.

크레이터 사이를 헤치고

노빈손 일행의 전진은 순조로웠다. 느리지만 트럭이 용이할 것이라는 돈 쥐어반니의 예상이 적중했음은 물론이었다. 빠른 속도로 지나가는 다른 개인 차량들은 중간 검문에 수시로 걸리곤 했다. 죄수들이 달을 장악한 이후 달의 앞면까지 철저한 검문이 행해지고 있었다. 노빈손 일행이 탄 차량은 돈 쥐어반니의 스티커 한 장으로 검문소에서 거의 보내주는 편이었다. 노빈손은 달나라 여행 최고의 가이드를 만난 듯한 기분이 들었다.

무중력인 바깥과는 달리 차의 내부는 중력과 공기가 있었다. 그들은 헬멧을 벗고 편하게 앉았다. 하지만 노빈손과 암석드롱을 끝없이 괴롭히는 것이 있었으니, 그건 다름 아닌 차멀미. 돈 쥐어반니의 예사롭지(?) 않은 운전 실력으로 차는 표면에 있는 돌과 계속 부딪혀 덜컹거렸다. 참다 참다 노빈손은 운전대를 향해 소리쳤다.

달에도 생명체가 있을까?

지구에서는 달의 앞면만 보이기 때문에 옛날부터 사람들은 달의 뒷면에 대한 상상을 키워 왔다. 뒷면에 생명체가 존재할지도 모른다는 수많은 가설과 호기심으로 인류는 달에 대한 신비감을 간직해 왔다. 그러나 달 탐사가 이루어지면서 생명체가 존재하는 데 필요한 공기, 대기, 물 등이 달에는 없다는 것, 생명체가 없는 죽은 세계라는 것이 밝혀졌다. 그럼 인류의 상상력은 죽은 세계에서 다시 시작될 수도 있겠지?

"운전 좀 똑바로 해주세요! 이러다가 속에 있는 거 다 토하겠어요. 밥도 제대로 못 먹었단 말이에요……."

"트럭은 잘 몰고 다니지 않아서 말이지. 그리고 녀석들의 검문을 조금이나마 피해 가려면 이런 험한 길로 가는 방법밖에 없어!"

"내 오랜 수사 경력에 의하면…… 좀 쉬었다 가는게 좋을 듯합니다."

암석드롱도 더는 참기 힘들었는지 한마디 내던졌다. 돈 쥐어반니는 암석드롱마저 그렇게 나오자 어쩔 수 없다는 듯이 고개를 끄덕였다. 트럭 밖은 바람은 불지 않았지만 왠지 모르게 시원한 느낌을 주었다. 답답한 차 안에서 몇 시간을 덜컹거린 까닭일 것이다.

"달의 뒷면까지 가려면 얼마나 남았나요? 멀미 때문에 차에 타고 있기가 너무 힘든데."

"노빈손! 앞으로도 험하고 힘든 과정이 이보다 훨씬 많을 텐데, 이 정도로 비실대면 무슨 다른 일을 할 수 있겠어. 정 멀미 때문에 타기 힘들면 걸어 와!"

돈 쥐어반니의 말에 움찔한 노빈손은 손을 휘휘 내저었다.

"뭘 힘들어 했다고 그러세요. 저 그런 적 없어요."

돈 쥐어반니는 눈을 살짝 흘기며 이야기를 계속했다.

"제군들. 힘들어도 좀 참게나. 우리는 곧 크레이터 삼형제에 도착할 거야. 2/3 정도 온 셈이지. 최대의 고비는 지금부터다. 달의 바다는 대체적으로 평평한 편이어서 오는 데 이상이 없었지만 지금부터는 조심해야 할 거다. 우리가 지나갈 크레이터 삼형제 중 알폰수스가 화산 활동을 다시 시작했다는 정보가 들어와 있어."

"알폰수스?"

"그래. 프톨레마이오스, 알폰수스, 아르자켈. 세 크레이터를 달의 크레이터 삼형제라고 부르지.

위인 열전을 방불케 하는 우주

달의 면적은 남극 대륙의 3배 정도 밖에 되지 않는다. 그곳에서 인류가 발견한 분화구는 1만여 개가 넘는다고 한다. 그리고 달의 앞면 분화구에 지구의 유명한 천문학자, 예술가, 수학자, 화학자, 그리고 문학가 등 업적이 큰 사람들의 이름을 붙여놓았다고 한다.

"그것도 지구인들이 붙여놓은 이름인가요?"

"오케이. 지구인들은 달에 있는 큰 크레이터에 유명한 과학자나 철학자 이름을 붙였지."

"아! 저도 얼핏 본 것 같아요. 플라톤, 아리스토텔레스, 코페르니쿠스, 케플러 같은 이름들도 있죠?"

"그래. 잘 알고 있군. 달에 대해서 공부를 많이 했나 보다. 그 큰 머리 속이 외계인들처럼 비어 있을 줄 알았건만……."

"자꾸 외계인 같다고 하지 마세요! 이게 다 책의 힘이라고요. 《만화로 보는 달나라》라는 책에서……."

노빈손은 갑자기 말을 얼버무리며 소리쳤다.

"어쨌든 멋진 남자는 자고로 책을 많이 읽어야 한다고요!"

돈 쥐어반니는 그런 노빈손을 보며 킥킥대고 웃었다.

"자, 이제 슬슬 출발해 볼까? 지금부터는 좀 조심해야겠어."

크레이터의 비탈진 길을 오르는 일은 평탄한 바다를 지나던 것과는 비교할 수 없을 정도로 힘들고 위험했다. 조그마한 돌부리에 잘못 걸려도 차는 뒤집어질 판이었다.

돈 쥐어반니의 말대로 바다를 지난 후부터는 비탈지고 울퉁불퉁한 길들이 많았다. 노빈손과 암석드롱은 차 안의 철제 봉을 잡은 채 이리저리 흔들리고 있었다.

제일 경계해야 할 것은 다시 화산 활동을 시작한 알폰수스였다. 크레이터 하나에서만 화산 활동을 할 것이라 생각했던 것과는 달리 알폰수스 주변의 조그마한 분화구들이 용처럼 뜨거운 열기를 뿜어내고 있었다.

흘러내린 용암이 차에 닿게 된다면 차는 금세 녹아 버릴 것이 틀림없었다. 돈 쥐어반니 역시 위기를 느끼며 신중하게 운전을 했다. 용암은 서서히 차가 있는 곳까지 흘러오기 시작했다.

이러다가 정말 달에서 쥐도 새도 모르게 녹아 버리는 거 아닐까? 노씨 가문의 외아들로서 절대 그런 일은 일어나면 안 되었다. 용암이 다가올수록 노빈손은 돈 쥐어반니의 운전 실력을 더 더욱 의심하기 시작했다. 얼마 전에 운전면허를 딴 노빈손은 자신이 운전을 하고 싶은 마음이 굴뚝같이 들었다.

피유융— 쉬익—.

쿠궁— 쾅—.

"어엇—."

뭔가 내려앉는 듯한 소리와 함께 차가 크게 흔들리기 시작했다. 노빈손과 암석드롱의 입에서 동시에 외마디 비명이 터져 나왔다. 뒷바퀴 한쪽이 주저앉은 듯했다.

"으아아악—."

유리창 밖으로는 화염이 이글거리기 시작했다. 분화구가 없던 표면에서 갑자기 화산이 폭발한 것이었다. 그나마 다행인 것은 차 바로 아래에서 폭발하지 않았다는 것. 노빈손은 온몸을 부들부들 떨며 바로 앞에서 이글거리는 화염을 쳐다보고 있을 수밖에 없었다.

필사의 탈출

"어떻게 좀 해봐요!"

노빈손은 이글거리는 불꽃들을 쳐다보며 소리쳤다. 암석드롱은 할아버지의 유언을 지키지 못한 것에 대해 사죄의 묵념을 하고 있었다. 한 곳에서만 솟아오르던 불길은 어느새 차의 사방을 포위하기 시작했고, 높은 곳에 있던 용암들이 차가 있는 곳으로 흘러내려오고 있었다. 말 그대로 산지옥이었다.

"침착하게 좀 있어! 이 차는 어느 정도의 열까지는 거뜬하게 버틸 수 있단 말이야."

"차 밖으로 튀어 나가거나 그럴 수 있는 장치는 안 되어 있어요?

엄청난 과학 수준을 가진 공화국이 차를 이 정도밖에 안 만들어 놓다니……."

차라리 불길이 안 보인다면 이렇게까지 무섭지 않을 텐데. 왜 밖이 다 보이게 해놓은 건지. 창 밖은 아수라장이었다. 불길은 서로의 위용을 자랑하려는 듯 너도나도 화력을 뿜어대고 있었다.

콰광―.

위이잉―. 윙윙―.

또 한 번의 굉음이 들려왔다. 뒷바퀴의 다른 한쪽마저 그 기능을 잃어버리고 녹아 버린 것이었다. 돈 쥐어반니는 어떡해서든 빠져나가기 위해 액셀러레이터를 끊임없이 밟고 있었다.

유리는 고체가 아니고 액체이다?

유리는 겉보기는 고체이지만 과냉각 액체이다. 쉽게 말하면 고체나 액체의 경우 그 분자의 배열 상태가 규칙적이어야 하는데 유리의 경우에는 분자의 배열 상태가 매우 불규칙하다. 유리는 우리가 볼 때 일정한 모양을 가진 것 같지만, 실제로 눈에 보이지 않을 정도로 조금씩 아래로 흘러내리고 있다고 한다. 한마디로 이야기하면 유리는 고체 상태가 된 과냉각 액체인 것이다.

"타이어가 두 쪽 모두 나가버렸어! 빈손아! 좋은 생각 없어?"

"좋은 생각을 저한테 물어보시면 어쩌라구요! 굳이 이야기하자면 좋은 생각이야 많죠."

"뭔데? 이야기해 봐, 빨리!"

"차에 날개가 돋아서 날아가기, 슈퍼맨이 차 들고 날아가기, 타이어를 새 것으로 갈기 등등 수없이 많죠!"

"노빈손! 지금 장난칠 상황이야? 한 번만 더 이상한 소리하면 고무같이 쫙 늘여 버릴 테다!"

돈 쥐어반니는 이 위급한 상황에서 이상한 소리만 늘어놓는 노빈손에게 화가 머리 끝까지 치솟았다.

돈 쥐어반니는 더 이상 어쩔 방도가 없는지 계기판의 버튼을 이것저것 다 눌러 보고 있었다. 노빈손은 아무것도 할 수 없다는 것을 깨닫고 울고 싶은 심정이었다.

이대로 있다간 저 불길에 고통스럽게 죽게 되겠지. 수면제를 먹고 그냥 고무처럼 늘어져서 잠이나 자 버리는 건 어떨까?

잠깐! 황하고 고무? 어디서 많이 들어 봤는데……. 고무와 황, 황과 고무, 어디서 들어 봤지? 순간, 노빈손은 머리를 탁 치며 소리쳤다.

"가황! 그래, 가황이야! 아저씨, 가황이요!"

"무슨 소리야, 가황이라니……."

삐삐삐삐―.

차는 요란한 경고음을 울리며 한계치에 다다랐음을 알려주고 있었다.

"내 오랜 수사 경력에 의하면, 인생을 뜻 있게 정리하는 것도 나쁘지 않고……."

"으이구, 무슨 소리야!"

돈 쥐어반니는 버럭 암석드롱에게 소리를 질렀다. 노빈손은 관자놀이를 꾹꾹 누르다 말고 급하게 덧붙였다.

"고무는 온도가 높게 올라가면 분자끼리 아주 쉽게 미끄러지거든요. 그래서 타이어가 녹아 버린 거구요."

"그래서?"

"TV 프로그램에서 본 적이 있어요! 설명은 나중에 해드릴게요. 돈

황과 토치

황은 비금속 원소의 한 가지. 냄새가 없고 파삭파삭한 광택이 있는 황색의 결정으로 화약이나 성냥 등의 원료로 쓰인다. 유황이라고도 한다. 토치는 소형 휴대용 버너이다. 블로 토치(blow torch)라고 하는데, 연료로 쓰이는 석유를 압축 공기로 내뿜고 공기를 혼합, 연소시켜 내뿜는 불꽃으로 물체를 가열하는 버너이다. 수도공사에서 관을 연결할 때, 또는 건설 공사에서 고온을 필요로 할 때 손쉽게 사용한다.

쥐어반니 아저씨, 차에 없는 것이 없다면서요."

"그래, 없는 것이 없지."

"황하고 토치 있어요?"

"당연히 있지! 황은 너 있는 곳에서 왼쪽으로 두 번째 서랍장에서 세 번째 서랍 왼쪽 편에 있을 거고, 토치는 너 바로 뒤쪽 서랍장 첫 번째 칸에 있을 거야."

"그리고 밖의 온도에 버틸 수 있을 만한 옷도 필요해요. 나가야 한단 말이에요."

"옷은 내 바로 뒤에 있는 옷장에 은빛 전투복이 있어. 그걸 입으면 될 거야."

"암석드롱 아저씨, 아저씨는 옷을 입고 저랑 같이 나가요!"

"알았다, 빈손아. 내 오랜 수사 경력에 의하면, 그래도 의심스럽지만, 속는 셈치고 한번……."

노빈손은 황이 들어 있는 커다란 병과 토치를 든 채 문을 열고 밖으로 튀어나갔다. 트럭 주변으로 불길이 거세게 일고 있었다. 분화구의 용암은 차 있는 쪽으로 흘러내려오고 있었다.

"암석드롱 아저씨, 제가 황을 뿌려서 고무를 만들면 그걸 다시 녹기 전에 재빨리 차축에 꽂아 주세요!"

노빈손은 TV에서 봤던 장면을 다시 되새겨 보았다. 녹아 있던 고무에 황을 섞어서 토치로 가열을 했을 때 신기하게도 녹아 있던 고무는 녹기 전의 고무보다 훨씬 강한 탄력을 가지고 새로 태어나는 것이었다.

대신 황을 너무 많이 넣었을 땐 아주 딱딱해지고, 너무 조금 넣으면 너무 물러지는 것이 문제였다. 노빈손은 이미 녹아서 조금씩 흘러내리고 있는 타이어를 쳐다보았다. 더 이상 흘러내리면 타이어만한 고무를 만들어내기가 힘들 것 같았다.

노빈손은 녹은 고무에 황을 조금씩 뿌려 가며 토치로 가열을 하였다. 방금 전까지만 해도 흐물흐물 흘러내리던 고무는 조금씩 뭉치더니 곧 탄력 있는 고무를 만들어냈다. 남은 한쪽마저 고무로 만들어 내자 암석드롱은 그 광경을 멍하니 보고만 있었다.

"암석드롱 아저씨, 쳐다보시지만 말고 빨리 장착시켜 주세요. 힘 좀 써 봐요, 빨리!"

"어어! 그래. 힘 좀 써 볼까?"

찰스 굿이어의 가황고무 발견

미국의 발명가이자 고무공업 개척자인 찰스 굿이어는 아버지가 경영하는 철물상에서 일하면서 더위와 추위에 견디는 고무의 가공법에 관심을 가졌다. 하루는 고무에 황을 섞어서 실험을 하다가 실수로 고무 덩어리를 난로 위에 떨어뜨리고 말았다. 그러나 놀랍게도 고무는 녹지 않고 약간 그슬리기만 했다. 여기에 착안한 굳이어는 고무에 황을 섞어 적당한 온도와 시간으로 가열하면 고무가 더위와 추위를 잘 견딘다는 사실을 알게 되었다. 이것이 가황고무이다.

암석드롱은 집채만한 트럭을 조금씩 들어올리더니 탄력 있는 고무를 차축에 끼워 넣었다. 두 바퀴 모두를 끼워 넣은 그들은 재빨리 차에 탔다.

"돈 쥐어반니 아저씨! 빨리 출발, 출발!"

덜컹덜컹―.

차는 요동을 치기 시작했다. 돈 쥐어반니는 액셀러레이터를 힘껏 밟았다. 바퀴의 높낮이가 맞지 않아 기우뚱 하던 차는 조금씩 앞으로 나아가기 시작했다. 긴장의 시간이 계속되었고 차는 어느새 화산 지역을 저 멀리 밀어내며 앞으로 나아갔다.

디비자 호텔

멀리서 바라본 화산은 가까이에서 보았던 그것과 많이 틀렸다. 바로 앞에서 보았던 불꽃들이 하나같이 악마의 형상을 하고 있었던 것과 다르게 어두운 달밤을 발갛게 밝혀 주고 있었다. 노빈손 일행은 잠시 차를 멈추고 땀인지 눈물인지 모를 액체를 정신없이 닦아냈다.

"노빈손, 대단했다. 인생 한창 때인데 봉변당할 뻔했구나. 덕분에 십 년 감수했어."

"내 오랜 수사 경력에 의하면, 난 빈손 네가 뭔가 해낼 줄 알고 있었다. 어떻게 그런 대단한 생각을 해냈냐? 전직 FBI 요원 조수가 될 자격이 있군!"

돈 쥐어반니와 암석드롱은 번갈아 가며 노빈손을 치켜세워 주기 시작했다. 노빈손은 뭐 별 거 아니었다는 듯 어깨를 으쓱, 의기양양해졌다.

"뭐 이 정도는 노빈손의 위대한 모험정신에 비해서는 티끌도 안 되는 시련이죠."

불과 오 분 전까지만 해도 눈물 콧물 다 짜냈던 노빈손과는 사뭇 다른 모습이었다. 돈 쥐어반니는 서둘러 노빈손의 말을 끊었다.

"앞으로의 계획에 대해서 말해 주겠다. 우리는 방금 크레이터들이 있는 구름의 바다를 막 지나쳤다. 이제 달의 뒷면까지 남은 거리는 얼마 되지 않지만, 중간에 습기의 바다에 있는 호텔에서 하룻밤을 묵어 가야겠어. 곧 달에 밤이 찾아오거든."

"달의 밤?"

노빈손이 물었다.

"출발하기 전에도 이야기했지만, 달의 밤은 온도가 상상 이하로

달의 온도 변화

달의 온도 변화는 상상 이상으로 극심하다. 낮에는 온도가 수백 ℃까지 올라가고 밤이 되면 영하 100℃ 이하까지 내려가는데 이것은 달에는 지구처럼 공기가 없기 때문이다. 공기가 있으면 공기 전체가 더워지고 차가워지며 온도 조절을 한다. 그러나 공기가 없으므로 햇빛을 받으면 바로 온도가 급격히 상승하고, 햇빛이 없어지면 바로 영하 100℃ 이하로 내려가 버리는 것이다.

떨어진다. 곧 밤이니 남은 이야기는 숙소에서 하기로 하지."

돈 쥐어반니가 안내한 호텔은 가까웠다.

"거참, 주인아저씨 작명 기술 하고는……. 잠만 자라고 지었나. 디비자가 뭐야, 디비자가. 매번 올 때마다 거슬린다 말야."

돈 쥐어반니는 이름이 마음에 안 드는지 투덜투덜 대며 성큼 걸어 들어갔다.

"애완동물은 객실 출입금지입니다. 저희가 따로 보관해 드리겠습니다."

프런트에 서 있던 외계인은 또박또박한 말투로 말했다. 돈 쥐어반니는 외계인의 말에 가슴이 덜컹 내려앉는 기분이 들었다. 변장한 걸 알아챈 걸까? 노빈손과 암석드롱이 어색하게 서 있는 사이 돈 쥐어반니가 단호한 표정으로 배지를 보여주었다.

"이 늑대인간은 훈련이 아주 잘된 우주연방 소속의 특수 수사용입니다. 기물 파손이나 시민들을 위협하는 행동은 절대 하지 않습니다. 저희가 잘 데리고 있겠습니다."

프런트에 있던 외계인은 여전히 안 된다는 표시로 여러 개의 팔을 마구 휘저었다.

"당신, 우주연방 특수 수사팀을 이렇게 불신해도 되나? 사건의 보안을 위해 우리가 수사용 동물을 관리하겠다는 건데, 이렇게 비협조

적으로 나오면 안 되지!"

돈 쥐어반니는 민첩하게 외계인의 팔 하나를 비틀었다.

"소, 손님. 진정하세요. 이번 딱 한 번입니다."

프런트의 외계인은 돈 쥐어반니의 강력한 주장에 마지못해 열쇠를 내어 주었다.

노빈손 쓰러지다

노빈손이 호텔방 발코니에 서서 가리킨 곳은 달의 하늘이었다. 지구의 하늘처럼 두둥실 구름이 떠가며 운치 있게 비가

루시안의 날개

고대 그리스의 루시안은 160년에 최초로 달나라 여행 이야기를 썼다. 회오리바람을 타고 올라가는 것이 달에 가는 첫 번째 방법이라면 한쪽 어깨에 유럽 독수리, 다른 쪽 어깨에 이집트 독수리를 타고 올라가는 방법이 두 번째라고. 루시안 이후 수백 년 동안은 아무도 달나라 여행 이야기를 쓰지 않았다. 다른 세상에 관한 이야기를 쓰는 것을 교회가 원치 않았기 때문이다. 그러나 루시안의 이야기가 다시 출판되면서 사람들은 우주에 관심을 가지기 시작했다. 요하네스 케플러라는 유명한 천문학자는 우주에 관한 책을 썼고 그의 책은 그가 죽고 난 뒤인 1634년에 출판됐다.

오거나 하지는 않았지만 달의 하늘엔 또 다른 아름다움이 있었다. 그것은 다름 아닌 지구였다. 지구에서 달을 보았을 때와 달리 달에서 본 지구는 훨씬 크게 보였다. 같은 거리상에 있지만 달에 비해 지구가 훨씬 크기 때문이었다.

달에서 본 지구의 모습은 이루 말할 수 없는 아름다움을 품고 있었다. 파랗게 보이는 여러 대해들과 그 위를 유유히 흘러가는 구름들. 노빈손은 저절로 탄성이 흘러나왔다.

"와아, 내가 살고 있었던 지구가 저렇게 아름다운 곳이었구나. 그나저나 말숙이하고 엄마 아빠는 나를 얼마나 찾고 있을까?"

노빈손은 지구에서 걱정을 하고 있을 말숙이가 떠올랐다. 이번 여행은 정말 오고 싶어서 온 것도 아니고 강제로 끌려 온 것이었다. 다시는 모험을 하지 않겠다고 말숙이와 약속을 한 것에 대해 괜스레 미안함이 들었다.

말숙이는 지금쯤 뭘 하고 있을까? 아마도 살 뺀다고 달밤에 열심히 체조를 하고 있겠지? 크크—.

달밤에 뒤뚱뒤뚱 체조를 하고 있을 말숙이를 생각하니 노빈손은 자신도 모르게 웃음이 나왔다. 이왕 달까지 왔는데 달밤에 체조나 한번 해볼까? 말숙이한테 달에서 체조를 하고 왔다고 하면 안 믿겠지?

노빈손은 밤에 체조를 하는 상쾌함을 생각하며 호텔 문을 나섰다. 호텔 근방에는 여행객들을 위한 산책로 코스가 있었다. 노빈손은 산책로를 따라 총총걸음으로 뛰기 시작했다. 달의 약한 중력을 받는 탓인지 조금씩 뛰어도 멀찍하게 나아가는 게 신기했다.

"아, 열심히 뛰는데 왜 땀은 안 나고 몸이 으슬으슬하지?"

노빈손은 이상하게 찾아오는 한기에 몸을 부르르 떨었다. 문득 달의 밤은 상상 이상으로 온도가 떨어진다고 했던 돈 쥐어반니의 말이 떠올랐다. 노빈손은 옷에 착용되어 있는 온도계를 내려다보았다. 영하 30°C를 가리키고 있었다.

온도계의 온도는 사정없이 떨어졌다. 점점 정신이 아득해 오며 주위가 흐려졌다. 쓰러지는 노빈손의 귓가로 어디선가 낯익은 목소리가 희미하게 들려 왔다.

낭만적인 달밤

"노빈손! 빨리 안 일어날래? 지금 몇 시인 줄 알아?"

알람소리보다 더욱 시끄러운 엄마의 카랑카랑한 목소리가 들려 왔다.

으음, 여기가 어디지? 분명히 호텔 앞에서 조깅을 하다가 정신을 잃었는데……. 노빈손은 눈을 뜨고 주변을 살펴보았다. 어지럽게 널려 있는 만화책들과 옷가지들. 익숙한 풍경이었다. 어라? 집에 돌아

기절한 사람에게 찬물을 끼얹으면?

기절은 뇌가 스스로 의식을 끊어 버리는 현상으로 아직까지 정확한 이유가 밝혀지지 않은 신비한 현상이다. 기절했을 때의 뇌의 상태는 잠이 들었을 때와 비슷한데 그때, 외부에서 갑작스럽고 강한 자극이 오면 뇌가 깨어나게 된다. 찬물을 뿌리면 피부의 감각신경들이 뇌를 한꺼번에 자극하기 때문에 깨어나는 것이다.

왔네. 어떻게 된 일이지? 이게 꿈이야, 생시야. 노빈손은 엄지와 검지를 이용해 볼을 세게 꼬집어 보았다. 그러나 아픔이 채 느껴지기도 전에 들려오는 외침.

"안 일어날래? 이거 말로 해서는 안 되겠네. 찬물이라도 끼얹어야겠느냐?"

엄마의 목소리가 더욱 또렷하게 들려옴과 동시에 차가운 물이 온몸을 급습했다.

"아아, 엄마. 저, 저 일어났어요! 진짜로 물을 끼얹으시면 어떡해요!"

노빈손은 찬물을 뒤집어쓰고 정신이 번쩍 들어 눈을 떴다. 물을 맞아서인지 노빈손은 남극의 매서운 눈발들을 맨몸으로 다 맞은 것처럼 오슬오슬 떨렸다.

연거푸 눈을 감았다 떴다 한 노빈손은 주변이 바뀐 것을 느꼈다. 익숙했던 방과 찬물을 끼얹던 엄마, 방금 전까지 보았던 어떤 것도 보이지 않았다.

"이제 정신이 좀 드니?"

"으아아악! 늑, 늑대인간?"

눈이 발갛게 충혈된 늑대인간이 노빈손 옆에 다정하게 앉아 있었다.

"내 오랜 수사 경력에 의하면, 너는 이미 나를 알아보았어! 지금 놀려? 안 그래도 이 의상 불편해 죽겠는데! 늑대인간이라니!"

암석드롱의 외침과 동시에 돈 쥐어반니의 목소리가 들려왔다.

"달의 밤은 온도가 상상 이하로 떨어진다고 했잖아! 조금만 늦게 발견됐어도 밖에서 꽁꽁 얼어죽을 뻔한 거 알고 있어? 암석드롱 씨한테 감사하게 생각해. 병 간호를 3일 낮밤 내내 하는 사람은 또 처음 본다."

암석드롱은 멋쩍은 표정을 지었다.

"제가 얼마나 누워 있었나요?"

"오늘까지 해서 3일째야."

노빈손은 돈 쥐어반니의 말에 깜짝 놀라며 암석드롱을 쳐다보았다. 그렇다면 3일 동안이나 암석드롱 아저씨가 자지 않고 날 간호했다는 말? 믿기 힘든 사실이었다.

노빈손은 몸을 일으켜 세웠지만 곧 무엇인가에 머리를 세게 부딪쳤다. 그제야 노빈손은 자신의 주변이 투명한 유리로 둘러싸여 있다는 것을 알았다.

"제가 어디 있는 거예요?"

"어디긴, 인큐베이터 안에 있지."

"인큐베이터? 아기들 태어나면 들어가는 조그만 플라스틱 같은 거 말하는 거예요?"

"그래."

노빈손은 깜짝 놀라며 암석드롱에게 물었다.

"여기 제가 왜 들어가 있는 거예요?"

"쓰러진 널 발견했을 때 산소 결핍, 황달 증세 등등 가지가지로 아프더군. 내 오랜 수사 경력으로 볼 때 그냥 간호해도 되는데 돈 쥐어반

새로운 인류의 요람

인큐베이터

체중 2kg이 안 되는 미숙아나 호흡 장애 등을 보이는 신생아들을 수용하는 산소공급기가 달린 격리 보온기기이다. 밖에서도 아기들을 볼 수 있게 투명하게 되어 있고 내부는 온도와 습도가 적당히 조절된다. 필요에 따라서는 산소 공급도 가능하다. 미숙아는 온도 변화에 따라 체온이 안정되지 않기 때문에 인큐베이터를 통해서 일정 온도를 유지하고 체온 변화를 적게 해준다.

니 씨가 특별히 넣어 주신 거야. 고맙게 생각해."

"산소 결핍과 황달 증세?"

"그래. 황달에 걸린 아기들을 인큐베이터 안에 넣거든."

"이 안은 밖과 많이 다른가 봐요?"

"인큐베이터 안은 온도와 습도가 조절 가능하고 너와 같이 산소 결핍 증세를 보인 경우엔 인공적으로 산소 공급까지 가능하도록 되어 있다고."

노빈손은 멋쩍은 듯 머리를 긁적거리며 미안한 마음으로 암석드롱을 쳐다보았다.

"두 분 다 너무 고마워요. 제가 거의 죽을 뻔했었군요."

"잔말 말고 빨리 이거나 마시거라. 내 오랜 수사 경력에 의하면, 너 그러다가 탈수로 죽는다."

암석드롱은 노빈손의 입가에 얼음 결정처럼 굳어 있는 침을 가리키며 물을 건네주었다.

"어찌나 침을 많이 쏟아내던지…… 나이아가라 폭포를 연상케 하더구나."

노빈손은 페트 병 하나를 순식간에 비워내며 암석드롱을 쳐다보았다. 토끼 눈처럼 발갛게 충혈된 눈은 며칠 동안의 고충을 충분히 설명해 주고 있었다.

“아저씨, 고마워요. 이런 면이 있을 줄은 몰랐네요.”

노빈손과 암석드롱은 시간 가는 줄 모르고 서로의 우정을 확인하듯 다정하게 대화를 나누었다. 노빈손은 지금까지 겪었던 모험담을 암석드롱에게 늘어놓았다.

“버뮤다 삼각지역이라는 곳에서는요…… 싸우리우스라는 녀석하고 그 부하들이 추격해 오는데 글쎄, 하반신이 물고기면서 나보다 더 헤엄을 못 치더라고요. 그것뿐만이 아니에요…… 타임머신 타고 남극에 갔을 때는 또 어땠는데요…… 아문센이 도저히 남극점에 못 가겠다는 것을 제가 대장 노릇하면서…….”

아픈 것마저 잊어버린 채 열변을 토하던 노빈손은 문득 암석드롱이 매우 조용해져 있음을 깨달았다. 어깨를 흔들어 보기도 하고 머리카락을 조금씩 잡아당겨 봤지만 아무런 반응이 없었다.

그르릉— 푸우—.

암석드롱은 어느새 잠이 들어 있었다.

달의 바다들

커다란 천체가 달과 충돌하면 월면에는 충돌 분지라고 불리는 거대한 저지가 생성된다. 달엔 38억 년에서 33억 년 사이에 대규모의 화산 활동이 일어났는데, 이 때 유동성이 큰 현무암질 용암이 지하 수백km로부터 분출되었다. 달의 바다는 이 용암이 저지에 흘러들어 바닥을 메워서 생긴 용암대지이다. 현무암으로 이루어진 바다는 그 구성 성분에 있어서 지구의 해양 지각이나 화산에서 분출된 용암과 매우 유사하다.

★ 추위의 바다

추위의 바다는 겉모습이 가장 특이한 모양의 바다이다. 추위의 바다는 달의 전형적인 다른 바다들처럼 둥근 평원 모양이 아니라 길이가 1,130km, 폭은 최대 70km도 되지 않는 길쭉한 모양이며, 전체 넓이는 고요의 바다와 비슷하다. 내부에는 커다란 크레이터들이 별로 없는 반면에, 주위에는 엔디미온, 아틀라스, 헤르쿨레스, 아리스토텔레스, 플라토 등의 유명한 크레이터들이 둘러싸고 있다.

★ 비의 바다

크기가 폭 1,100km, 길이 1,200km 정도로 월면의 바다 중에서 가장 크다. 비의 바다에는 아주 인상적인 지형들이 많이 있는데 무지개 만, 아르키메데스, 에라토스테네스, 아펜닌 산맥과 알프스 산맥 등이 그것이다. 여기에 있는 몇 개의 열구 중 해들리 열구는 아폴로 15호의 착륙지인데 일출 시에는 아펜닌 산맥의 그림자에 가려서 발견하기가 쉽지 않다. 하현에 태양이 이 지역에서 질 때 관측하는 것이 좋다.

★맑음의 바다

월면의 북동부에 위치한 맑음의 바다는 달의 바다 중에서 가장 오래된 것이다. 맑음의 바다는 약 38.7억 년 전에 소행성의 충돌에 의해 생긴 분지 지형이 용암으로 채워져서 생성된 것이다. 다른 바다들과 마찬가지로 내부는 평평하며, 일부 존재하는 소규모의 크레이터 외에는 특징적인 모습이 보이지 않는다. 크기는 폭 580km, 길이 680km.

★위난의 바다

'매우 급하고 어려운 경우' 라는 의미의 위난의 바다는 폭 430km, 길이 560km 되는 타원형의 평원으로 겉으로 보기에는 남북 방향이 더 길게 보이지만, 사실은 동서 방향으로 길쭉하다. 루나 15호가 1969년 7월 16일에 처음으로 도착했고, 그로부터 5년 후에 루나 23호가 이 곳을 다시 찾았다. 1976년 8월에 도착한 세 번째 우주선 루나 24호는 월면 아래로 25.72cm를 파서 달의 토양을 실린더에 담아 지구로 보냈다.

★고요의 바다

폭 640km, 길이 890km. 1969년 7월 19일에 아폴로 11호가 착륙한 이후로 달의 바다 중에서 가장 유명해졌다. 고요의 바다는 월면에서 가장 오래된 바다 중 하나인데, 주위에 소행성들이 충돌하여 또 다른 바다를 만들면서, 원래의 모습이 크게 파괴되었다. 아폴로 11호 외에 고요의 바다를 찾은 다른 우주선들로는 레인저 6호, 레인저 8호, 서베이어 5호 등이 있다.

★풍요의 바다

지름 850km 정도의 불규칙한 모양의 바다. 위난의 바다 남쪽에 위치해 있다. 바닥에는 많은 수의 링클리지들이 존재하지만, 크레이터는 쌍둥이 크레이터인 메시에와 메시에A만이 유일하게 이 평평하고 어두운 지역에 있을 뿐이다. 달 탐사선으로는 루나 16호가 유일하게 이 곳에 착륙했다. 이 우주선은 처음으로 달의 토양 표본을 지구로 가져온 구 소련의 무인 탐사선이다.

★ 폭풍의 바다

폭풍의 바다는 달의 평지들 중에서 크기가 가장 큰데 그 넓이가 320km^2 이상에 달한다. 많은 우주선들이 이 지역에 착륙했는데, 미국의 서베이어 1호, 서베이어 3호, 아폴로 12호와 구소련에서 발사한 루나 5, 7, 8, 9, 13호 등이 있다.

그 외 증기의 바다, 감로주의 바다, 구름의 바다, 습기의 바다 등이 있다.

달의 얼굴 크레이터

달 표면에는 높은 분화구처럼 생긴 크고 작은 산, 고원지대, 평야 그리고 깊은 계곡 등이 있다. 달에는 공기가 없으므로 아무리 작은 별똥별이라 하더라도 모두 운석이 되어 떨어진다. 운석이 달의 표면에 부딪혀 움푹 패여 들어간 것이 크레이터이다.

크레이터는 달이 생성된 초창기부터 지금까지 생겨나고 있다. 오늘날에는 운석으로 인해 생기는 것뿐 아니라 화산이나 달 내부의 가스 분출 등 다양한 원인에 의하여 생기는 것으로 판명되었다.

★달의 크레이터들

아리스타르쿠스(Aristarcus) 폭풍의 바다 동쪽 가장자리에 있다. 보름이 되기 1~3일 전에 가장 잘 보이며 바다에 홀로 떠 있는 섬인 듯하다.

코페르니쿠스(Copernicus) 달의 적도 바로 위쪽 '폭풍의 바다'에 있으며 크레이터 가운데에는 1.2km 높이의 봉우리가 솟아 있다. 보름달일 때는 크레이터 주위로 길게 뻗어 나가는 여러 갈래의 빛줄기가 뚜렷이 보인다.

플라토(Plato) '비의 바다' 북쪽 해안에 어둡고 평평한 바닥을 한 크레이터이다. 원래 둥근 모양이지만 달의 가장자리에 있어 타원형처럼 보인다.

클라비우스(Clavius)와 티코(Tycho) 클라비우스는 달의 앞면에서 볼 수 있는 가장 큰 크레이터이다. 안쪽에는 작은 크레이터가 줄지어 있다. 그 아래쪽에 보이는 티코는 코페르니쿠스, 케플러와 함께 멋있는 빛줄기를 뽐내는 크레이터이다.

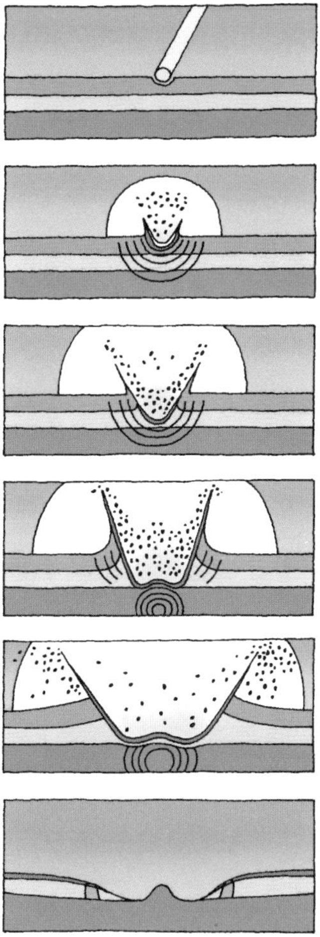

(크레이터는 이렇게 만들어진다.)

4부

달의 뒷면으로

덜컹덜컹—.

노빈손과 암석드롱을 태운 차는 요란한 소리를 내며 습기의 바다를 지나가고 있었다.

"달의 뒷면까지는 2.5km 남았습니다. 속도를 줄여 주세요. 속도를 줄여 주세요."

또랑또랑한 네비게이션의 목소리가 차 안에 울려 퍼졌다. 크레이터를 지날 때 마구잡이로 눌렀던 버튼 중에 하나가 작동하여 켜진 것이었다.

"달의 뒷면까지는 1km 남았습니다."

"휴, 드디어 다 도착했군. 빈손아, 네 옆에 자고 있는 늑대 좀 깨워라."

달의 뒷면. 베일에 싸여 있던 달의 뒷면은 어떤 모습일까? 앞면과 같을까? 아니면 전혀 예상하지 못했던 신비로운 광경들을 볼 수 있을까? 노빈손은 기대감에 부풀어 올랐다.

얼마쯤 갔을까. 네비게이션은 달의 뒷면에 도착했다는 메시지를 전해 주었다. 하지만 창 밖으로 보이는 풍경은 지긋지긋한 크레이터들만 가득 있었다. 달의 앞면과 다를 것이 없었다. 무엇인가 있으리라 생각했던 노빈손의 얼굴엔 실망한 기색이 역력했다.

"돈 쥐어반니 아저씨, 여기 달의 뒷면 맞아요? 도시는 어디 있고, 아무것도 안 보이잖아요!"

"급하기는. 잘 봐두어라. 이게 우리가 구해 내야 할 달 뒷면의 현실이야."

"달의 현실? 블랙혼과 연관이 있는 거겠죠?"

"그렇지. 카오실리아 공화국은 안드로메다 성운의 첨단 기술들을 받아와 엄청난 기술 혁신을 이뤘단다. 하지만 블랙혼이 달에 온 이후로 달의 모든 것은 지하로 숨어 버렸지. 우리가 지금 있는 곳이 달의 뒷면이 확실하단다. 단지 우리 발 아래에 있을 뿐이야."

"발 아래요?"

"그래. 블랙혼은 도시를 그대로 두고 그 위를 돔으로 덮어 버렸어. 엄청난 사건이었지."

"그런 일이……."

"일단 들어가 보자고!"

주교들이 우주를 탐험하다

1638년 주교들이 두 권의 책을 썼다. 프랜시스 고드윈 주교는 《달에 있는 사람》이라는 책을 썼는데 그는 야생 백조들에게 몸을 붙잡아 매고 달에 갈 수 있다고 주장했다. 존 윌킨스 주교는 《달세계의 발견》이라는 책을 썼다. 윌킨스 주교는 놀랍게도 우주 공간에선 무게가 없다는 것을 예언했다. 그러나 우주 공간에 있는 사람은 음식을 먹거나 잠을 잘 필요가 없으며 사람들은 날아가는 이륜마차를 타고 달에 갈 수 있다는, 잘못된 추측도 했다.

돈 쥐어반니를 따라 들어간 달의 도시는 예상했던 것만큼 화려했다. 건물들은 크지는 않았지만 오밀조밀한 아름다움이 느껴졌다. 효율적이면서 고전의 형식미를 갖춘 르네상스 시대의 건물을 연상시켰다. 골목은 깔끔하게 닦여 있어서 기분까지 상쾌했다. 카오실리아 공화국에는 표현할 수 없는 아름다움들이 내재되어 있었다.

"와! 대단해요. 이렇게 아름다운 건물들은 처음 봐요."

"도심의 중심부로 가면 더 화려하고 멋진 볼거리가 많단다."

"그런데……."

치명적인 살상 도구

생화학 무기

세상에서 가장 치명적인 독을 이용하여 사람을 죽이는 데 쓰려고 만든 무기가 바로 생화학 무기이다. 화학무기는 본래의 독한 성질을 극대화시켜 제조한 것으로, 접촉하거나 호흡하는 사람은 짧은 시간 안에 살이 썩고 신경이 마비되며 심하면 죽게 된다. 생화학 무기는 저렴한 비용으로 만들 수 있지만 위력은 가공할 수준. 핵무기 다음으로 한꺼번에 사람을 많이 죽일 수 있는 무기이다. 생화학 무기에 대표적인 균들은 천연두 균, 페스트 균, 탄저균 등이 있다.

이상하게 황량한 느낌이 드는 건 왜일까. 황량함을 느끼게 해주는 건 다름 아닌 도시의 전체적인 분위기였다. 밝은 불빛이 하나도 보이지 않는 그런 도시.

"아저씨! 그런데 도시가 왜 다 회색 빛인가요? 뭔가 이상해요."

"눈치챘구나. 원래 도심은 태양력 에너지를 받아서 지구의 라스베이거스 이상으로 화려함을 자랑했었단다. 하지만 블랙혼이 달을 점령해 버리고 나서부터는 태양력의 차단으로 계속 이런 분위기지. 카오실리아 공화국 시민들은 더 이상 살 의미를 찾지 못하고 있는 중이야."

돈 쥐어반니의 얼굴에도 회색 빛이 감도는 듯했다.

"아저씨, 저기 유리관으로 덮여 있는 곳은 뭐하는 곳인가요?"

"저건 세균을 기르고 있는 거란다."

"세균이라니요? 바이러스를 말하는 거예요?"

"그래, 바이러스. 생화학 무기를 만들 때 쓰는 거지."

"생화학 무기라면 살상용 무기잖아요."

"저 유리관 안에서 각종 질병들을 재배하고 있단다. 천연두, 페스트 등 각종 세균들 말이야."

노빈손은 발걸음을 멈추고 암울한 도심을 둘러보았다. 블랙혼이라는 자가 어떤 자일까? 비록 같은 사람은 아니지만 지구와 형제지간이나 다름없는 달, 그 속에 살아가는 시민들을 이렇게 힘없이 만들어 놓은 장본인.

"어서 가자. 일단 칼레리나를 구하러 가야 하지 않겠어? 지금부턴 조심하거라. 내가 너희들을 구해 주었다는 정보가 벌써 들어와 있을지 몰라."

언덕 위의 하얀 집

"저 집이란다."

돈 쥐어반니가 가리킨 곳은 조그만 하얀 집이었다. 여느 집들과 다를 것 없어 보였지만, 그 집은 언덕 위에 외톨이처럼 있었다. 블랙혼이란 자로 인해 고립되어 버린 달의 현재 상태를 보여주는 듯했다. 문 앞에는 외계 죄수들이 서 있었다. 집 주변으로도 비슷한 복장을 한 죄수들이 돌아다녔다. 그들은 험상궂은 얼굴에 인상을 쓰며 금방이라도 무기를 휘두를 것처럼 위협적으로 서 있었다.

"정말 저 집에 있는 게 확실하죠?"

"그래, 내 심복의 정보에 의하면 틀림없이 이 집이야."

돈 쥐어반니는 조그마한 수첩을 꺼내 들여다보더니 고개를 끄덕였다.

정신병원을 언덕 위의 하얀 집이라고 부르는 이유는?
정신병원은 정신병 환자들의 수양을 위해 조용하고 전망이 좋은 곳에 세우는 것이 일반적이다. 흰색은 정신을 안정시켜 주고 침착함을 주는 색이므로 흰색의 건물로 정신병원을 짓는 경우가 많다. 대부분의 정신병원이 전망을 위해 언덕 위에 자리잡고 있기 때문에 언제부턴가 상징적으로 정신병원 "언덕 위 하얀 집"이라 부르게 되었다.

"죄수들을 풀어 놓았다는 말은 들었지만, 저렇게 무장을 해서 도시 한복판에 내보내다니……. 블랙혼 이 녀석 여전하군."

"그러게요. 근데 왜 하필 언덕 위에 하얗게 지어져 있을까요?"

"나도 모르겠는걸."

"혹시, 정신병원과 연관이 있는 걸까요?"

"정신병원?"

"네. 지구에선 정신병원을 비유적으로 언덕 위의 하얀 집이라고 불러요."

"자네, 지금 이 상황에서 웃기라고 하는 말인가?"

"그런 게 아니에요. 정말이라니까요, 지구에선."

"이 곳은 지구가 아닌 달일세. 들어갈 수 있는 좋은 방법이나 어서 찾아보도록 하지."

암석드롱은 주변의 상황을 살피더니 작은 목소리로 속삭였다.

"제 오랜 수사 경력에 의하면…… 제가 가서 그냥 집어 던져 버리는 것이……?"

"암석드롱. 현실적인 생각을 하게나. 저 녀석들만 어떻게 한다고 해서 끝날 문제가 아니잖은가? 일단 내가 가서 말이라도 함 걸어 봄세."

돈 쥐어반니는 당당한 걸음걸이로 죄수들에게 다가갔다. 돈 쥐어반니가 다가오자 지키고 있던 죄수들은 무기를 들고 제지했다.

"넌 누구야? 여긴 아무도 못 들어가!"

"칼레리나를 보러 왔소."

죄수들은 당황하는 눈빛을 감추지 못했다. 그녀가 이 곳에 감금되어 있다는 사실을 아무도 몰랐을 것이라는 예상에 그랬을 것이다.

"여, 여기엔 칼레리나 따위는 없어!"

"여기 없는 건가."

"없다니깐! 어서 꺼지지 못해!"

"자네 말을 함부로 하는군. 어떤 봉변을 당하려고."

죄수들은 말로 해서는 안 되겠는지 돈 쥐어반니에게 무기를 겨누었다.

"어서 사라지지 않으면 저 뒤에 있는 녀석들과 함께 진짜로 사라지게 할 줄 알아!"

"알겠소."

돈 쥐어반니는 노빈손과 암석드롱이 있는 곳까지 터덜터덜 걸어내려왔다. 힘없이 돌아온 돈 쥐어반니를 보면서 노빈손은 조심스럽게 머리카락을 감싸쥐며 골똘히 생각에 잠겼다.

들어갈 수 있는 방법이 없을까? 무슨 방법이라도 제시해 주면 어떻게 해서든 들어갈 텐데 아무런 대책도 주지 않고 무조건 안 된다는 말만 되풀이하니 속이 다 탈 지경이었다.

목적지를 눈앞에 두고 이렇게 물러나는 것은 있을 수 없는 일이었다. 이미 여러 차례 죽을 고비를 넘기고 여기까지 왔는데 이대로 물러설 수는 없었다. 노빈손의 머리는 여느 때보다 몇 억 광년 더 빠르게 회전하고 있었다.

칼레리나의 메시지

노빈손 일행은 목표점을 바로 앞에 두고 아무것도 하지 못한 채 발만 동동 구르고 있었다. 싸움을 한다 해도 상대적인 수적 열세 때문에 이길 수 있을지는 미지수였다. 그리고 잘못될 경우엔 칼레리나를 구하러 온 노빈손 일행마저 잡힐 가능성도 다분했다. 암석드롱은 아까부터 저 녀석들을 그냥 집어서 던져 버리자며 돈 쥐어반니에게 항변을 했다.

"제 오랜 수사 경력에 의하면, 이럴 때 미적거리면 안 됩니다. 왜 저 녀석들을 그냥 놔두는 겁니까?"

"막무가내로 덤빈다는 것은 맨땅에 헤딩하는 일이야."

암석드롱은 답답한지 가슴을 치며 분을 삭이고 있었다. 그는 갑자기 주머니에서 선글라스를 꺼내 썼다. 노빈손은 의아한 듯 물었다.

"암석드롱 아저씨! 어두운데 무슨 선글라스예요?"

"불안한 눈빛을 감추기 위해서다. 저 집은 내 오랜 수사 경력에 의하면, 이상하리만큼 허술해 보인단 말이야."

"뭐가 허술해 보인단 말이에요?"

"위험 인물인 칼레리나를 저렇게 허술한 집에 감금해 두었을 리 없어. 분명 레이저 광선이 집 여기저기를 감싸고 있을 거야. 어느 누구

도 다가가지 못하게 말이지. 영화에서도 다 그러던데……."

"그게 정말이에요?"

"아니. 그저 가설일 뿐이지. 하지만 이 선글라스를 쓰면 항상 나의 수사력은 배로 증가됐어. 일명 통찰력의 선글라스라고 할까."

"에이, 그런 게 어디 있어요. 빨리 들어갈 수 있는 방법을 생각해 봐요."

"엇! 저건?"

돈 쥐어반니와 노빈손은 암석드롱의 갑작스런 외침에 그의 손이 가리키고 있는 곳을 쳐다보았다. 암석드롱이 가리킨 곳은 다름 아닌

워터마크

지폐나 컴퓨터 등의 분야에서 불법복제를 막기 위해 개발된 복제방지 기술을 말한다. 지폐의 경우, 1만 원권을 예를 들면 세종대왕의 초상화가 있는 면의 왼쪽 여백에는 불빛에 비춰 봐야만 드러나는 초상화가 있다. 이것이 바로 워터마크인데 첨단 복사기나 컴퓨터 스캐너로도 재생하기 어려워 위조지폐를 식별하는 데 중요한 근거가 된다.

집의 창문이었다. 암석드롱은 여전히 아무것도 없는 창문을 뚫어져라 쳐다봤다.

"아무것도 없잖아요!"

"으하하하! 네가 직접 보거라."

암석드롱은 선글라스를 벗어 노빈손에게 씌워 주었다. 선글라스를 쓴 노빈손은 암석드롱이 가리켰던 창문을 다시 보았다. 놀랍게도 선글라스를 쓰지 않았을 때, 아무것도 보이지 않던 것과 다르게 희미한 글씨들이 보이기 시작했다.

"우와, 암석드롱 아저씨. 이거 어떻게 된 거예요?"

"그 선글라스는 말이지, 일반 태양 빛에서 가시광선을 최대한 끌어들여 볼 수 있게 만들어져 있어. 내 오랜 수사 경력으로 볼 때 저 글씨는 분명 워터마크야."

"워터마크라뇨?"

"우리 주변에서 가장 쉽게 볼 수 있는 워터마크는 지폐에 있는 거다."

"지폐?"

"그래. 지폐에 보면 햇빛에 비춰야만 보이는 얼굴이 있지? 그게 워터마크다."

"아! 그렇군요."

“그것 외에도 여러 군데에서 사용되고 있지.”

“그런데 저기 창문엔 뭐라고 적혀 있는 거예요?”

“흠…… 내 오랜 수사 경력에 의하면…… 외계어라 나도 잘 모르겠다. 돈 쥐어반니 씨에게 물어보는 것이 낫겠군.”

돈 쥐어반니는 선글라스를 받아들고 물끄러미 창문을 쳐다보았다. 그리고는 한참 후에 말문을 열었다.

가시광선

전자기파 중에서 사람의 눈에 보이는 범위의 파장을 가지고 있는 것이 가시광선이다. 사람에 따라 다소 차이가 있으나, 대체로 380~770nm의 파장을 가진다. 대기를 통해서 지상에 도달하는 태양 복사의 광량은 가시광선 영역이 가장 많으며 사람 눈의 감도(感度)가 이 부분에서 가장 높다.

“모든 길은 지하로 연결되어 있다.”

“지하로 연결되어 있다? 무슨 뜻이지?”

“칼레리나가 우리에게 주는 메시지가 아닐까? 꼭 우리가 올 것을 미리 알고 있었던 것처럼 말이야.”

지하, 무슨 의미일까? 달의 도시가 지하에 갇혔다? 그건 이미 우리가 알고 있는 사실이잖아. 그렇다면 혹시 저 집으로 들어갈 수 있는 지하로 통하는 길이 있다는 걸까? 노빈손은 도통 알 수 없는 듯 고개를 가로저었다. 그때, 암석드롱은 무엇인가 생각난 듯 상기된 표정으로 말했다.

“이건 말이지. 내 오랜 수사 경력에 따르자면…….”

“아저씨, 또 무엇인가 생각난 거예요?”

“저건 분명히 우리에게 무엇인가를 알려 주려고 써 놓은 거야!”

“그건 지금 여기 있는 사람 모두 알고 있는 사실이잖아요! 툭하면 들먹이는 그 수사 경력은 대체 어디서 쌓은 거예요?"

암석드롱은 노빈손의 말에 민망한 표정으로 머리를 긁적였다. 그 때, 돈 쥐어반니는 무엇인가 발견한 듯 암석드롱에게 말했다.

"어이, 암석드롱. 잠깐 비켜 볼 텐가?"

"예? 어디로 말입니까?"

"지금 서 있는 데서 옆으로 잠깐 비켜 서 보라구."

암석드롱의 발 아래에는 맨홀 뚜껑이 있었다. 돈 쥐어반니는 뚜껑을 보고 고개를 끄덕였다. '입구' 라는 글자였다.

감금된 칼레리나

맨홀 안에는 인공적으로 만든 길이 뚫려 있었다. 노빈손 일행은 손전등을 켜 들고 한 걸음씩 천천히 전진했다. 동굴은 강원도 산에서 보았던 산간도로와 비슷했다. 길은 경사가 점차 심해졌다. 돈 쥐어반니는 확신에 찬 걸음걸이로 앞서 나갔다.

"방향으로 보나 위치로 보나 집으로 들어갈 수 있는 비밀통로임에 분명해."

노빈손은 이해가 되지 않았다.

"그런데 칼레리나라는 분께선 왜 비밀통로가 있는데 탈출을 안 했을까요?"

암석드롱도 맞장구를 쳤다.

"역시! 나도 오랜 수사 경력으로 그 의문에 대한 답을 추리 중이었어. 왜 탈출을 안 했을까?"

"여러분들을 만나려고 기다리고 있었지요."

어디선가 낯선 여자 목소리가 들려왔다. 노빈손 일행은 깜짝 놀라 주변을 둘러보았다. 목소리의 근원지는 다름 아닌 노빈손 일행의 머리 위였다. 지하 통로의 천장엔 사람 한 명이 겨우 지나다닐 만한 구멍이 뚫려 있었고 그 곳에서 밝은 빛이 흘러나왔다.

"칼레리나, 오랜만이군. 그렇게 갑자기 나타나면 어쩌나. 깜짝 놀랐잖소."

"일단 들어오세요. 조용히! 발각이라도 되는 날엔 우리들 모두 어떻게 될지 모르는 일이니까요."

노빈손 일행은 칼레리나의 도움으로 조용히 집 안으로 들어갔다. 자신을 칼레리나라고 설명한 여자는 시간이 없다는 말과 함께 노빈손 일행을 애틋하게 바라보았다. 얼굴 여기저기 퍼져 있는 주름들이 그녀의 나이를 말해 주고 있었지만 왠지 모르게 알 수 없는 아름다움이 느껴졌다.

"그런데, 두 분은 지구인?"

노빈손과 암석드롱은 동시에 고개를 끄덕였다.

"호호, 만나게 되서 정말 반가워요. 매일 쭈글쭈글한 돈 쥐어반니씨만 보다 오랜만에 젊은 친구들을 보니 저까지 힘이 솟는 것 같네요."

밝은 목소리로 이야기하는 칼레리나였지만 얼굴에 짙게 깔린 수심을 숨길 수 없었다. 오랜 감금 생활 탓이리라. 하지만 그녀는 금세 밝게 웃으며 말했다.

"누군가 소개를 해 줘야 하지 않을까요?"

"저는 전직 FBI 요원 최고의 매력남 닐 암석드롱이라고 합니다. 제 오랜 수사 경력을 최대한 발휘해서 꼭 탈출을 시켜 드리겠습니다."

암석드롱은 칼레리나에게 악수를 청하러 가까이 다가갔다.

"멈추세요!"

칼레리나는 짧고 낮은 목소리로 소리쳤다.

"그 이상 오시면 안 돼요. 제 주위로는 보이지 않는 레이저 막이 있답니다. 누군가 이 레이저 막에 닿게 되면 밖에 있는 경비병이 들어오게 되어 있어요. 악수는 감사히 받겠어요. 옆에 분은?"

"아아, 안녕하세요. 전 지구 대표 꽃미남 노빈손이라고 해요. 만나 뵙게 되서 영광이에요."

"호호, 영광까지야. 그런데 우주 죄수들이 공화국 전체를 감시하고 있지 않았나요?"

노빈손은 짐짓 고개를 가로저으며 어깨를 쭉 펴고 대답했다.

"가로막는 녀석들이야 많았지요. 하지만 이 머리로 가볍게 해치워 버렸어요. 뭐 잔머리이긴 하지만……."

"그런 일이?"

칼레리나는 믿을 수 없다는 듯이 고개를 갸우뚱거리며 노빈손을 훑어보았다. 그리고 돈 쥐어반니를 쳐다보며 희미하게 웃었다.

"운이 참 좋으셨군요. 돈 쥐어반니 씨를 적시에 잘 만나시다니."

"그, 그런 것도 있고……."

노빈손은 멋쩍은 표정을 지었다.

"아니야. 저 녀석이 없었더라면 이 곳까지 절대 오지 못했을 거야. 똑똑한 친구지."

돈 쥐어반니는 노빈손을 향해 살짝 윙크를 해보였다.

"그렇군요. 모처럼 용감한 손님을 만나 뵙게 되서 정말 기뻐요. 귀한 손님들이 오셨는데, 보시다시피 감금 상태라서 변변히 내 드릴 것도 없네요. 달엔 지구에서는 맛볼 수 없는 천연 차들이 많답니다. 나중에 기회가 된다면 꼭 대접해 드릴게요."

"칼레리나. 시간이 별로 없네. 우리에게 할 말이 뭔가?"

돈 쥐어반니는 밖의 죄수들이 언제 들어올지 모른다는 생각에 칼레리나를 독촉했다.

"제가 너무 오버를 했나요? 오랜만에 지구인들을 만나니 기분이 좋아서 그런답니다. 밖으로도 나가지 못해 몸도 근질근질하구요. 블랙혼이라는 악질 죄수 때문에 이 곳에 갇혀 있는 것만 생각하면 아직도 분노가 가라앉지 않아요. 언제쯤 이 감금에서 벗어날 수 있을는지……."

노빈손은 자신 앞에 아무런 힘없이 앉아 있는 칼레리나에게 안타까운 마음이 들었다. 그녀는 주머니에서 조그만 리모컨을 꺼내 들었다.

하얀 종이와 파란 종이의 비밀

가시광선 내에서는 파장에 따른 성질의 변화가 각각의 색깔로 나타난다. 빨강색으로부터 보라색으로 갈수록 파장이 짧아지는데 빨강보다 파장이 긴 빛을 적외선이라고 하고, 보라보다 파장이 짧은 빛을 자외선이라고 한다. 태양광선 아래에서 하얀 색깔의 종이가 하얗게 보이는 이유는 일곱 가지 색을 모두 반사하기 때문이다. 또한 파란색의 종이가 파란 것은 가시광선 중에서 파란 색만을 반사, 그 색깔만 눈에 감지되기 때문이다. 일곱 가지 색으로 나타나는 빛을 모두 합치면 흰색으로 보이는데, 이것 때문에 태양이 하얗게 보이는 것이다.

통신 위성

우리나라의 무궁화 1, 2호와 같은 통신 위성들은 TV 신호나 위성 전화 등의 통신서비스에 활용된다. 현재 약 100기 이상의 통신 위성들이 정지 궤도를 돌며 활동 중에 있다. 이러한 통신 위성들은 우주 공간에서 중계국의 역할도 한다.

"이제 본론으로 들어가 볼까요? 이건 지구에서 보이는 달의 모습이랍니다."

칼레리나가 켠 홀로그램에는 지구의 밤을 밝혀 주는 연노랑 빛의 달이 떠 있었다. 토끼가 방아를 찧는 듯한 모양의 흠집이 나 있는 달을 초승달부터 그믐달까지 차례차례 보여주었다.

"참 평화로워 보이지 않나요?"

칼레리나는 지구에서 보여지는 달의 모습에 이어 크레이터들이 옹기종기 박힌 달의 모습을 보여주었다. 연이어 나오는 영상은 노빈손이 여느 책에서나 혹은 TV에서 한 번도 보거나 듣지도 못한 것들이었다. 그것은 우주에서 보이는 지구의 모습과 별반 다를 것이 없어 보였다. 파랗게 반짝이는 바다와 광활한 지역을 덮고 있는 산들, 그리고 사막 또 바다. 노빈손은 지구와 비슷한 행성이 또 있다는 사실이 놀라웠다.

"이 행성은 어디에 있는 건가요? 지구랑 엇비슷하게 생겼는데……."

"지금 보고 계시는 것이 달의 예전 모습이랍니다."

"이게 달이라고요?"

노빈손은 두 눈이 휘둥그레지며 소리쳤다. 믿기지 않았다. 노빈손은 홀로그램에 있는 3D 영상의 이곳저곳을 열심히 살폈다.

"지금 보고 계시는 행성은 분명히 달이 맞아요. 지금의 달은 아니지만요……. 지금 보신 영상은 카오실리아 공화국이 막 생겨났을 때 제작된 영상이랍니다. 이 시기의 달의 뒷면은 지구의 환경과 비교해

도 손색이 없을 정도로 훌륭했어요."

칼레리나는 홀로그램을 끄고 말을 이어 갔다.

"카오실리아 공화국은 달의 뒷면에 대한 끊임없는 투자와 노력으로 새로운 땅을 일궈내는 데 성공을 거두었지요. 그리고 선왕께서 돌아가신 지 얼마 지나지 않아 저희는 달에 블랙혼이라는 자가 숨어 들어왔다는 것을 알게 됐어요. 블랙혼은 유명한 우주 죄수로 온갖 흉악한 짓은 다 저지르고 다니는 문제아예요. 안드로메다나 시리우스 같은 큰 성운에서는 더 이상 도망 다닐 곳이 없어 태양계의 숨기 좋은, 조그마한 카오실리아 공화국에 오게 된 거죠."

지구도 위험하다

칼레리나의 무거운 어조 탓인지 시간은 이상하리만큼 더디게 흘러갔다. 믿을 수 없을 정도로 신기한 이야기를 들은 노빈손은 '생뚱맞은 다리일수록 두드려 보고 건너라' 라는 어릴 적에 들은 속담을 떠올렸다.

달의 뒷면은 원래 엄청 아름다운 자연을 지니고 있었다. 지구 못잖은 달의 풍경을 보고 외계인들은 카오실리아 공화국을 세웠고, 그렇게 잘 살아가고 있었는데, 우주 죄수 블랙혼이 달로 피신 왔다? 그럼 그 아름다운 달의 모습은 다 어디로 사라진 걸까? 노빈손은 밀려오는 궁금증을 참지 못하고 물어보았다.

"제가 여기까지 오면서 봤는데요. 아름답던 달의 모습은 전혀 보이지 않던데, 어떻게 된 건가요?"

칼레리나는 슬픈 표정으로 창 밖의 무미건조한 풍경들을 보았다. 무언가 가슴 아픈 사연이 실린 우울한 눈빛이었다.

"다 블랙혼이라는 죄수 때문이죠. 저는 태양계 특별 수사차, 근처의 악명 높은 죄수들을 잡기 위해서 순찰하고 있었어요. 그때, 신원이 확인되지 않는 비행선이 달에 착륙했고, 그 곳에 타고 있는 인물이 블랙혼과 그의 수하들이었다는 사실을 알게 되기까지는 그렇게 많은 시간이 걸리지 않았지요."

"그래서 어떻게 됐나요?"

"블랙혼을 잡는 건 예상했던 것보다 훨씬 쉬웠어요. 문제는 부하들을 데리고 블랙혼을 우주연방 본부로 이송하던 중에 생겼죠. 본부로 이송 중 블랙혼이 탈출을 한 거예요. 그리고 그만……."

돈 쥐어반니는 말꼬리를 흐리는 칼레리나를 안타까운 눈빛으로 바라보았다.

"지난 일을 후회해 봤자 아무 소용없을 거라 생각되네. 본론으로 들어가 볼까?"

"제가 바쁘신 손님들을 두고 푸념만 늘어놓고 있었군요. 바로 본론으로 들어가자면, 먼저 지구의 위기에 대해 설명해야겠네요."

"그게 무슨 말이에요. 지구가 위기라니?"

노빈손은 칼레리나의 뜬금없는 말에 갑자기 귀가 번쩍 뜨였다.

"블랙혼이란 자는 태어날 때부터 사악한 기운을 가지고 태어나 파괴본능에 충실한 인물이에요. 뭐든지 행복한 모습을 보게 되면 그것을 참지 못하는 진짜 악당이죠."

"그럼 블랙혼이라는 녀석이 달을 파괴하려 한다는 거예요?"

"네, 그래요. 지금 달의 모든 지역에는 말머리성운파라는 거대 범죄 조직 구성원들이 퍼져 있어요. 블랙혼의 수하들이죠. 그들은 바이러스를 퍼트려 다른 성운과의 교류를 완전 차단시키고 있는 중이에요."

블랙홀의 신비

블랙홀은 항성이 진화의 최종 단계에서 폭발한 결과, 초고밀도 · 초강 중력을 갖게 되어 빛이나 물체 따위가 그 곳으로 들어가면 탈출할 수 없다는, 가설적인 우주 영역을 말한다. 검은 구멍이라고도 하며 직접 관측할 수 없는 암흑의 공간이라는 뜻에서 블랙홀이라 부르게 되었다. A. 아인슈타인의 일반상대성 이론에 따르면 블랙홀은 아주 강력한 중력장을 가지고 있기 때문에 빛을 포함하여 근처에 있는 모든 물질을 흡수, 빛 · 에너지 · 물질 · 입자, 그 어느 것도 탈출하지 못하게 한다. 그래서 블랙홀의 내부는 외부와 전혀 연결되지 않은 하나의 독립된 세계를 이룬다.

늙지 않는 우주비행사들은 빛보다 빠르다?

아인슈타인의 상대성 이론에 의하면, 인간이 빛의 속도만큼 빨라지면 시간이 멈추면서 늙지 않는다. 빛의 속도로 날아가는 우주선을 타고 우주여행을 하면 영원히 안 늙을 수도 있다. 이것은 지구에 있는 사람이 볼 때 우주선을 타고 여행하는 우주비행사들이 늙지 않는 것처럼 보인다는 말. 우주선을 타고 있는 우주비행사들은 지구에 있을 때처럼 시간이 진행되는 것으로 느끼지만 시간이 흐르는 속도는 완전히 다르다. 지구에 있는 사람들이 훨씬 빨리 늙어 가는 것처럼 보이게 되는 것.

그녀는 달과 지구가 처한 최대의 위기에 대해서 설명하기 시작했다. 블랙혼이 카오실리아 공화국의 중심부에 수소폭탄을 설치하고 있다는 것이었다. 칼레리나는 달을 어떤 목적으로 이용했다가 이용 가치가 없어지면 폭파하려는 흉계 때문일 것이라고 추측하고 있었다. 어쨌거나 만약 폭탄이 터지게 된다면 달은 산산조각 날 것임에 틀림없고 터진 달 조각들이 운석이 되어 가까운 지구에까지 고스란히 올 거란 건 당연한 사실이다.

"일반적으로 지구인들이 만드는 폭탄의 종류와는 큰 차이가 있는데, 지구인들이 가지고 있는 폭탄은 대부분 중수소와 트리티움으로 만들어져 있어요. 하지만 이곳에서 만들어지는 폭탄은 수소의 한 형태로 우주에서 수십억 년 동안 발견되지 않았던 것이죠. 그 위력은……."

"위력은?"

"과장스럽게 들릴지도 모르지만 그 폭탄의 위력으로 예상되는 결과는 마치 지구 표면이 태양 표면에 1천억 분의 1초 동안 맞닿은 결과에 버금갈 거예요."

"1천억 분의 1초? 좀 자세히 설명해 주세요."

"TNT 폭탄 1억 톤 분량의 폭파라고 생각하시면 돼요. 달이 폭파

된 후 그 운석이 지구와 충돌한다면……."

"내 오랜 수사 경력에 의하지 않아도 말야, 우리가 돌아갈 고향이 없어질 수도 있단 말이야?"

곁에 있던 암석드롱은 흥분 상태로 주먹을 불끈 쥐었다. 아무런 잘못도 없는 사람들을 단지 자기 야욕의 희생양으로 사용한다면 그건 두고보고만 있을 수 없는 일이었다.

"이런 공공의 적 같으니라고!"

"맞아요! 공공의 적. 정확한 표현이에요! 블랙혼은 지구와 달 모두의 적이에요."

칼레리나는 말끝마다 강하게 힘을 주며 이야기했다. 그녀의 얼굴은 여전히 어두웠다. 그녀는 이제 애절한 눈빛으로 노빈손 일행을 쳐다보았다.

"블랙혼이 달을 지배해 버린 후, 저는 달을 도와줄 수 있는 가장 가까운 곳에 위치한 지구에 계속해서 구조 요청을 보냈어요. 하지만 달을 찾아오는 이들은 아무도 없었어요. 백 번에 가까운 요청 끝에 오신 분들이 바로 여러분이에요. 저희 달을 살리는 데 힘을 보태 주셔요. 그게 지구도 살리는 길이에요. 네?"

딸릴레이 따를레옹의 등장

칼레리나의 설명이 계속되는 동안, 방으로 연결된

복도를 통해 뚜벅뚜벅 발소리가 들려왔다.

"발자국 소리? 누가 오나 봐요."

노빈손의 말이 끝나기가 무섭게 이상한 몰골을 한 자가 들어왔다. 실오라기 하나 걸치지 않은 육중한 몸, 회색과 은색이 은은하게 섞인 피부. 그는 영화 〈터미네이터〉에서 나왔던 액체인간을 연상시켰다. 총을 맞아도 다시 몸이 재생될 듯한 그런 몸이었다. 한마디 말도 없이 방으로 헤집고 들어온 그는 음산한 기계음을 냈다.

"네 녀석들은 누구냐?"

노빈손 일행은 갑작스레 나타난 알 수 없는 로봇을 보고 당황하여 아무 말도 할 수가 없었다. 하지만 직감적으로 적이라는 사실을 서로의 눈빛으로 확인하는 중이었다.

"내 손님들이시다. 썩 꺼지지 못할까?"

조용히 앉아 있던 칼레리나가 벌떡 일어나 목에 핏대를 세우며 소리쳤다.

"나, 딸릴레이 따르레옹이 충고하는데…… 목숨을 조금이나마 더 유지시키고 싶다면 조용히 있는 게 좋을 거야."

칼레리나는 씩씩거리기는 했지만, 막상 아무것도 할 수가 없었다. 잠시 흐르던 어색한 침묵을 깨고 노빈손이 대뜸 나섰다.

"우리는 선왕의 명을 받고 안드로메다에 다녀온 사람들이다. 선왕께서는 안드로메다를 들린 후 꼭 칼레리나에게 보고하라고 하셨다. 선왕의 명을 따르는 것은 당연한 것 아니냐!"

딸릴레이 따르레옹이라는 자는 노빈손의 말을 곰곰이 생각하는 듯했다. 지능이 떨어진다고 했던 돈 쥐어반니의 말이 사실인 모양이었다.

"어쨌든, 다음부터 칼레리나를 만나러 오거나 허튼 수작을 부리려 한다면 가만히 두지 않겠다."

딸릴레이 따를레옹은 힘 있게 말하며 뒤돌아서 나갔다. 그가 방에서 완전히 자취를 감추자 방에 있던 모든 사람들은 안도의 한숨을 내쉬었다. 칼레리나도 서릿발처럼 서 있던 눈에 힘을 풀며 힘겹게 자리에 앉았다.

"후, 지금 들어왔던 녀석이 블랙혼의 오른팔이에요. 그에 대해선 아주 말이 많은데, 동시에 여러 군데에서 보았다는 말도 있고. 블랙

아름다운 안드로메다

북반구에서 보이는 가장 밝은 나선은하를 말한다. 그리스 신화에 나오는 케페우스 왕의 딸 안드로메다 공주의 이름에서 유래한 것. 주요한 밝은 별은 페가수스자리에 이어 α, β, γ의 3개의 2등성이 거의 일렬로 늘어선 상태에서 동쪽으로 뻗어 있다. 북쪽 하늘에서 가장 아름다운 성운의 하나이다.

혼과 같이 베일에 싸인 인물이죠. 가장 경계해야 할 인물 중에 한 명이랍니다."

"저 녀석이 우리가 이 곳에 있다는 것을 알고도 잡아가지 않은 것을 보면 아직 앞면부에서 있었던 일에 대한 보고가 올라오지 않았다는 거군."

"이야기가 그렇게 되는군요. 그럼 우리는 어서 빨리 이 곳을 빠져나가야 하겠는걸요."

돈 쥐어반니의 분석에 암석드롱은 맞장구를 치며 해결책을 모의했다. 공화국의 앞면부에서 지구인을 놓쳤다는 소식을 들으면 조만간 다시 이 곳으로 올 것이 뻔하기 때문이다. 노빈손은 투덜대며 일어났다.

"이 노빈손이 지구와 달을 위기에서 꼭 구하도록 하겠습니다. 걱정 마세요."

"감사해요. 여러분의 분투를 절대 잊지 않을 겁니다. 폭탄이 설치되어 있는 곳은 공화국 중심부의 건물 지하라고 들었어요. 정확한 위치는 돈 쥐어반니 씨께 알려드릴 테니 어서 가세요."

"그런데 저희랑 같이 안 가세요?"

"지금 제가 사라지면 블랙혼이 가만 있지 않을 거예요. 때를 봐서 전 탈출하도록 하겠습니다. 딸릴레이가 다시 들어오기 전에 빨리 탈출하세요. 문을 지키는 녀석들이 아무도 들어가지 않았다는 사실을 증명해 줄 거예요."

칼레리나는 노빈손 일행을 재촉했다. 그녀의 눈에는 비장한 각오가 서려 있었다. 노빈손 일행은 칼레리나가 열어 준 출구를 통해 몰래 방을 빠져나왔다.

발각

"뭐 하는 녀석들인데 말을 빙빙 꼬아서 하는 거야."

"안에서 무슨 일이 있었습니까?"

찝찝한 듯 말하는 딸릴레이에게 문을 지키던 죄수들이 물었다.

"안드로메다에서 왔다나, 어떤 녀석들이 칼레리나와 함께 있어서 말이지. 그러고 보니 이 녀석들! 아무도 들여 보내지 말라고 한 것 잊었어?"

"저희는 아무도 들여 보낸 적이 없습니다. 정말입니다."

"뭐라고?"

딸릴레이와 문을 지키던 죄수들이 실랑이를 벌이고 있는 동안, 저 멀리서 또 다른 우주 죄수 한 명이 헐레벌떡 뛰어왔다.

"납치한 지구인 두 녀석을 놓쳐 버렸습니다."

"뭐라고? 그걸 말이라고 해?"

달의 앞면에서 돈 쥐어반니에게 당한 죄수들이 보고를 한 것이다. 보고를 들은 딸릴레이 따르레옹은 심각한 표정을 지었다.

"죄송합니다. 돈 쥐어반니라는 현상금 사냥꾼에게 당하고 말았습니다."

"그 녀석들 인상착의 말해 봐!"

"지구인 두 녀석 중, 한 녀석은 저희와 같이 민둥민둥한 머리에 어벙벙한 얼굴이었고 다른 한 녀석은 큰 키에 금발이었습니다."

"두 녀석뿐이었어?"

"네. 아, 돈 쥐어반니라는 자는 백발에 빨간 우주복을 입고 있었습니다."

"총 세 명이란 말이지……."

딸릴레이는 곰곰이 생각에 잠겼다. 그리고 뭔가 집히는 구석이 있는지 머리를 탁 쳤다.

"그 녀석들이군."

"면목이 없습니다. 제발 목숨만은……."

죄수들은 딸릴레이가 노려보자 고개를 떨어뜨리고 빌기 시작했다. 내내 그들을 노려보던 딸릴레이 따를레옹은 살려주겠다는 말과 함께 명령을 내렸다.

"당장 여기 조사해 봐! 그리고 안에 있는 녀석들 모조리 끌고 나와!"

"넷! 알겠습니다."

집을 뒤지러 들어갔던 두 죄수는 한참 후, 칼레리나만 데리고 왔다.

"목숨을 부지하려면 어서 말하는 게 좋아. 그 녀석들은 어디 있나?"

"이미 도망간 지 오래다. 너희들같이 둔한 녀석들에게 잡힐 성싶

으냐?"

딸릴레이 따를레옹은 육중한 몸을 불끈거리며 분노에 찬 목소리로 소리쳤다.

"지금 당장 이 여자를 끌고 가! 조그마한 녀석은 거의 외계인같이 생겨서 지구인인 줄 전혀 모르겠더군. 큰 녀석은 지금 늑대인간으로 변장하고 있다. 무슨 일을 꾸미고 있는지는 모르겠지만, 마침 잘 됐지. 그 녀석들을 꼭 잡고, 도망가면 보이는 대로 사살해 버려!"

"넷!"

당했다는 느낌을 받은 딸릴레이는 이를 바득바득 갈며 복수심을 불태웠다. 그 사이 노빈손 일행은 안전하게 집을 빠져나와 돈 쥐어반니의 안내대로 폭탄이 설치되어 있다는 달의 중심부를 향해 조용히 이동하고 있었다.

거대한 블랙홀을 가진 퀘이사

퀘이사는 우리가 관측할 수 있는 가장 먼 천체이다. 퀘이사의 절대 등급은 지금까지 알려진 천체 중에 가장 밝다. 이것은 단 하나의 별처럼 보이지만, 실은 수많은 별로 이루어진 거대한 은하이다. 퀘이사가 멀리 떨어져 있음에도 불구하고 관측이 가능하다는 것은 거기서 상상을 초월할 만큼 무시무시한 에너지가 방출되고 있다는 뜻. 중앙에 거대한 블랙홀을 품고 있다고 알려진 퀘이사는 아주 멀리 있기 때문에 아득하게 먼 과거를 살았던 천체이다. 우주 나이가 100살이라면 대략 90살 정도. 준항성 천체라고도 한다.

혜성을 타고 나타난 점성술사

노빈손 일행은 조심스럽게 주변을 살피며 걸음을 재촉했다. 간간이 길가에 서성이는 죄수들은 그들의 간담을 서늘하게 만들기에 충분했다. 들통이라도 나지 않을까 조마조마했지만 무사히 우주 죄수들을 피해 웅장한 철제 탑과 건물들을 지나 도심으로 이어지는 다리를 건너게 되었다.

모든 길은 로마로 이어진다는 말이 있듯이 그 다리는 말 그대로 오직 달의 중심으로 갈 수 있는 유일한 길이었기에 다른 곳에 비해 북적거렸다. 그러나 달의 주민들은 북적임과 대조되게 어두운 표정들이었다.

다리를 지나려는 노빈손 일행을 뚫어지게 쳐다보고 있는 이가 있었는데, 감시가 붙었나 조심스럽게 주위를 둘러보고 온 돈 쥐어반니는 그것을 제대로 눈치채고 있었다. 돈 쥐어반니는 조심스럽게 그에게 다가갔다. 그는 남루한 외투를 걸치고 줄이 끊어진 낡은 기타를 메고 있었다. 보아하니 말머리성운파의 감시는 아닌 것 같았다.

"아까부터 계속해서 우리를 그런 눈으로 쳐다보는 이유가 뭡니까?"

돈 쥐어반니가 따지듯 물었다. 노인이 음색도 맞지 않는, 줄이 너덜거리는 기타를 치며 시를 읊듯 중얼거리기 시작했다.

"속이 썩어 가는 열매 속에 기타 음은 무르익고 3인의 용사들이 애벌레를 잡고자 다리를 건너려 한다네."

"와, 근데 할아버지, 노래가 너무 완벽하게 엉망이시다."

노빈손이 귀를 막은 채 더 이상 못 들어주겠다는 듯 노인을 향해 소리쳤다.

"예끼, 이 녀석. 할아버지를 놀려? 어젯밤 찬 데서 잤더니 목이 잠겨서 그래!"

"할아버지는 뭐 하는 분이세요? 노래로 봐서 가수는 아닌 것 같고."

“들어는 봤나 몰라. 나는 점성술사야. 76년 주기로 은하를 도는 핼리혜성을 타고 이곳저곳을 돌아다니지.”

“우와, 핼리혜성. 저도 어릴 적에 한 번 본 적 있어요. 근데 정말 그걸 타고 다니신단 말이에요?”

“그럼! 이 할아버지가 너 같은 녀석에게 거짓말을 하겠니?”

“할아버지는 이름이 뭐예요?”

“나? 나는 ‘신들리메다’라고 한다. 한번 제대로 신들리면 미래를 토씨 하나 틀리지 않고 예견하는 능력이 있지.”

“에이, 그렇게 안 보이시는데……. 그럼 우리의 미래도 알려 주세요.”

꼬리가 달린 별 혜성

혜성은 그리스 말로 '머리카락 같은 별'이란 뜻이다. 꼬리가 달린 별로서 이미 4천 년 전부터 중국과 바빌로니아에서 알려졌다. 혜성의 모양이 이상하고 아주 가끔 돌연히 나타나곤 했기 때문에 옛날 사람들은 이 별이 나타나면 전쟁이나 큰 천재지변 또는 질병과 같은 나쁜 일이 생길 거라 생각하여 무서워했다. 망원경이나 사진 관측에 의해 매년 10~20개 정도의 혜성이 발견된다.

"예끼, 이 녀석. 컨디션이 좋은 날에야 제대로 신이 들리지. 어제 찬 데서 험하게 잤다고 말했거늘. 누구 감기약 가진 사람 없나?"

노빈손은 잠시 생각에 잠기더니 지구에서 가지고 왔던 배낭을 뒤져 박카스 한 병을 내려놓았다.

"이건 지구에서 가장 효험이 있다고 정평이 난 약이라고요. 만약 저희의 미래를 정확히 예견해 주시면 이걸 드리겠어요."

노인은 신기한 듯 박카스를 쳐다보며 기타를 바닥에 내려놓고 가방 안에서 주섬주섬 빨간 망토를 꺼내 보였다.

"이 빨간 망토는 뭐지요?"

"차우차우라고 하는 건데 100% 스판으로 되어 있어. 쫙쫙 늘어나지. 착용감이야 뭐 말 안 해도 알겠지?"

"이건 뭐 하는 데 쓰는 건데요?"

노인이 말로 설명할 게 아니라는 듯 노빈손에게 다가가 망토를 걸쳐 주자, 신기하게도 노빈손의 몸이 번개처럼 빨라지기 시작했다. 노빈손의 입장에서 보면 주위 사람들이 너무 느리게 보이는 것이었다. 다시 망토를 풀고서야 노빈손은 이 망토가 사람의 스피드를 극대화시키는 최첨단의 병기라는 것을 알게 됐다.

노인은 다시 음색도 맞지 않는 너덜거리는 기타를 들고 중얼거리기 시작했다.

"3인의 용사들이 3번의 고비를 맞게 될 것이니, 빨간 망토 차우차우! 그 빛이 발하리라."

노인은 나지막한 목소리로 주문을 외우더니 사라져 버렸다. 마치 설탕이 물에 녹듯이. 노빈손 일행은 신들린 사람들처럼 한동안 멍하니 서 있었다. 셋 다 꿈을 꾼 것은 아닌지……. 그러나 노빈손의 손엔 방금까지 쥐고 있었던 박카스 한 병 대신 빨간 망토가 들려 있었다.

칼레리나의 공개처형

다리를 건너 들어온 공화국의 도심은 사람들로 북적댔다. 시민들은 무슨 일이 일어났는지 벽이 있는 곳곳에 모여들어 반역죄니 아니니 하며 웅성대고 있었다.

혜성의 유명인사 핼리혜성

핼리(Halley)는 1682년에 나타난 혜성이 1531년, 1607년에 지구에 왔던 혜성과 동일한 혜성이며 1758년에 다시 나타날 것을 예언하였는데 그대로 적중하였다. 이것이 오늘날 유명한 핼리혜성. 핼리혜성은 태양계 내의 천체이며, 그 주기는 76년이다. 핼리혜성의 관측기록은 B.C 240년부터 남아 있는데 우리나라에서도 1759년 혜성에 대한 관측 기록이 남아 있다. 1986년 유럽 우주국(ESA)이 발사한 지오토 우주선이 인류 최초로 혜성의 핵으로부터 500km까지 접근하여 관측을 하였다. 이때 촬영한 사진에 의해 핼리혜성은 검고 더러운 얼음덩어리로 밝혀졌다.

반역죄라니? 누굴 말하는 걸까? 노빈손 일행도 궁금함을 참지 못하고 사람들 틈에 끼어 벽보를 쳐다보았다. 벽보엔 칼레리나의 큼지막한 얼굴과 함께 '지구인 둘과 돈에 눈이 먼 현상금 사냥꾼이 우주연방 첩보국장 칼레리나와 함께 달을 파괴시키려 한다'는 내용이 적혀 있다며 그 아래에 지구인 둘과 현상금 사냥꾼을 잡을 경우 큰 포상을 한다는 문구도 덧붙였다고 돈 쥐어반니가 말했다.

지구인 둘이라면 우리를 이야기하는 것이고 돈에 눈이 먼 현상금 사냥꾼이라면 돈 쥐어반니 아저씨잖아? 드디어 발각이 되었나보군. 우리한테 포상금도 걸려 있다니……. 이 일을 어쩐다. 노빈손은 불안해하며 돈 쥐어반니를 바라보았다.

"아저씨, 어떻게 해야 하나요?"

"음, 일단 눈에 안 띄는 한적한 곳으로 가자꾸나."

노빈손 일행은 조용히 얼굴을 숨긴 채 북적북적한 광장을 빠져나왔다. 한참을 뛰었을까? 그들은 한적한 골목에 들어서서야 안도의 한숨을 내쉬었다.

"이제 어떻게 해야 할까요?"

"폭탄도 중요하지만, 제 오랜 수사 경력으로 보면 일단 칼레리나를 구하는 게 급선무 아닐까요?"

노빈손과 암석드롱은 각자 자신의 생각을 내놓았다. 어떻게 할 방법이 없는 것도 맞는 말이었고 칼레리나를 구해야 하는 것도 당연히 맞는 일이었다.

"일단 처형 날짜는 내일이니, 하루는 번 셈이군. 내일까지 무슨 준비를 할 건가, 그것이 문제인데……."

"공개처형은 어떻게 이루어지나요? 옛날 마녀를 처형했듯이 하는 건가요?"

"간단하게 총으로 쏴버리거나 그럴 수도 있지만, 높은 자리에 있는 사람들은 분위기를 선동하기 위해서 제단을 쌓아 두고 교수형을 시키지."

"으…… 잔인한 녀석들!"

"그 많은 죄수 녀석들을 우리가 다 죽일 수도 없는 일이고, 일이 크게 됐군."

광장에 수많은 시민들, 그리고 수많은 적들이 노빈손 일행을 기다리고 있을 것이었다. 한바탕 싸움이라도 해야 어떻게 승산을 점쳐 볼 일이었다. 하지만 그들에게는 죄수들을 대항해 싸울 만한 특별한 무기도 인원도 없었다.

순간, 노빈손은 무엇인가 생각났다는 듯 들뜬 표정을 지었다.

"집행관들 옷으로 우리가 갈아입는 거예요!"

"그래서?"

"그래서라뇨? 우리가 대신 집행을 하는 척하면서 칼레리나를 구해서 도망가면 되죠."

"그 많은 사람들 사이에서 무슨 수로 도망을 쳐?"

"무슨 수가 생기겠죠. 달리 방법도 없잖아요."

중세 시대의 공개처형

중세 시대에는 가톨릭 한 가지의 종교와 한 가지의 신념만 강조하여 다른 생각을 가진 사람들을 죄인으로 만드는 현상이 일어났는데 그것이 바로 '마녀사냥'이다. 15세기부터 시작, 17세기가 전성기였다. 당시 유럽 사회는 가톨릭 교리에 어긋나는 악마가 사회에서 활동하고 있다고 믿었다. 종교재판소가 가톨릭 교리를 어지럽힌다는 죄목으로 마녀사냥을 맡아 하다가 일반 법정이 주관하게 되면서 마녀사냥은 사회 제도에 조금이라도 벗어나는 사람을 일방적으로 몰아부치고 마구잡이로 처형하는 제도로 전락해 버렸다. 주로 공개처형을 통해 화형으로 징벌을 내렸다.

집행관 옷으로 갈아입고

사람이 다니지 않는 한적한 골목에서 밤을 지새운 노빈손 일행은 무거운 눈꺼풀을 연신 깜박대며 일어났다. 이제 처형이 집행될 때까지는 불과 몇 시간밖에 남아 있지 않았다.

노빈손 일행은 집행이 벌어질 광장으로 조용히 이동했다. 광장에는 어느덧 사람들이 하나 둘 몰려들었다. 노빈손 일행은 집행관들이 모여 있는 쪽으로 조심스럽게 다가갔다. 그들은 코까지 푹 내려 쓴 모자와 몸 전체를 덮는 가운을 입고 있었다. 권투 시합을 나온 챔피언의 복장 같았다. 집행단 복장을 한 외계인들은 제단을 준비하느라 분주한 모습이었다.

"저 녀석들 중 분명히 중간에 따로 떨어져 나오는 녀석들이 있을 거야. 그때를 노리자고. 내가 기절을 시킬 테니, 너희들은 눈에 띄지 않는 곳으로 옮기는 거야. 알았지?"

돈 쥐어반니는 낮은 목소리로 계획을 설명해 주었다. 그러나 집행관들은 도통 다른 자리로 뜨려고 하지 않았다. 제단 준비가 거의 끝나갈 무렵 집행관 중 세 명이 대열을 벗어나기 시작했다.

"저기 세 놈이 어디론가 가는데요?"

"좋아. 지금이야. 빨리 뒤따라 가자고."

암석드롱의 발견에 노빈손 일행은 재빨리 그들 뒤를 따라갔다. 집행관들은 광장에서 떨어진 한적한 곳으로 이동하고 있었다. 그들은 누군가를 기다리는 듯 초조하게 서 있었다. 돈 쥐어반니는 기회를 놓

칠세라 주머니에서 이상하게 생긴 총을 꺼내 쏘았다. 총을 맞은 그들은 힘없이 픽픽 쓰러졌다.

"지금이야! 누가 보기 전에 어서 저쪽 골목으로 들어 날러."

명령이 떨어지자 노빈손과 암석드롱은 기다렸다는 듯이 튀어나갔다. 외계인들은 작은 키에 바짝 마른 몸이라 나르기에 수월했다. 골목으로 숨어 들어간 노빈손 일행은 집행관들의 옷을 벗겨 갈아입었다.

"그런데 이 녀석들 죽은 건가요?"

"아니야. 단지 마취만 시켜 두었을 뿐이지. 생각 같아서는 잡아서 본부에 넘기고 싶지만 지금은 아쉽게도 때가 아니군."

"으이구, 그 놈의 돈이 뭔지."

"노빈손! 너도 궁핍하게 살아 봐! 나의 최첨단 장비들을 조달하려면 돈이 예상 외로 많이 들어간단 말이야."

어느새 집행관 옷으로 갈아입은 노빈손 일행은 서로를 쳐다보면서 킥킥댔다. 암석드롱은 워낙 큰 키 때문에 옷이 무릎까지밖에 오지 않았고, 돈 쥐어반니는 길이는 맞았지만 몸이 옆으로 퍼져 있어서 우스꽝스러운 모습이었다.

노빈손 일행은 옷을 다 갈아입고 방금 전까지 외계인들이 서 있던 자리로 갔다. 저 멀리서 트럭 두 대가 요란한 소리를 내며 달려왔다.

빛의 돌

강력한 헤드라이트를 켜고 달려온 트럭엔 또 다른 집행관들이 여럿 타고 있었다. 그들은 차에서 내려 노빈손 일행에게 다가와 말했다.

"자, 시작해 보자고!"

모자에 가려 얼굴이 잘 보이지 않는 집행관들이 하나 둘씩 차에서 내리기 시작했다. 첫 번째 트럭에서 칼레리나가 끌려 나왔다. 그녀는 헐렁한 죄수복을 입고 있었다. 칼레리나는 집행관들 사이로 보이는 노빈손 일행을 보며 놀란 표정을 감추지 못했다. 노빈손은 걱정하지 말라는 듯 한쪽 눈을 살짝 감았다 떴다.

트럭에는 말로 형용할 수 없는 찬란한 빛의 돌들이 실려 있었다. 집행관들은 칼레리나 뒤를 따라 돌을 날랐다.

"저게 다 뭔가요?"

"다이아몬드야."

"네? 다이아몬드?"

"목소리 낮춰!"

노빈손은 자신도 모르게 소리를 지르고 말았다. 주변에 있던 집행관들은 노빈손 일행을 이상한 눈빛으로 쳐다보았지만 금세 다시 하던 일에 몰두하기 시작했다.

형석과 다이아몬드

다이아몬드의 약 20%는 형광을 띤다. 자연사박물관 같은 곳에 가보면 형광을 띠는 광물을 볼 수 있을 것이다. 다이아몬드 말고 형석 같은 광물에서도 형광 빛이 나는데, 컴컴한 곳에서 보면 다이아몬드의 형광 빛이 더 뚜렷하게 보인다.

"다이아몬드를 어디에 쓰려고 저렇게 많이 가지고 온 거죠?"

"제단을 쌓기 위해 가지고 온 것이지."

저렇게 많은 다이아몬드를 제단으로 쓰기 위해 가지고 온 것이라고? 달에 사는 녀석들은 부자인가 보네. 저거 다 돈으로 바꾸면 장난 아닐 텐데. 노빈손은 저 많은 다이아몬드 중에 하나만 들고 가도 평생 아무것도 하지 않고 살아도 되겠다는 생각을 하고 있었다. 돈 쥐어반니는 노빈손이 침을 질질 흘리는 것을 보며 머리를 세게 때렸다.

"허튼 생각 하지 말라고! 지금은 작전에만 신경 써!"

"아얏, 알았다고요. 그런데 제단을 왜 다이아몬드로 쌓아요?"

"하나의 의식을 위해서 쓰는 것이지. 앞으로 한 시간 정도만 있으면 월식이야. 녀석들 교묘하게 시간을 맞췄군."

"월식? 교묘하게 시간을 맞추다니요?"

"달에서는 월식에 일어나는 모든 행사들이 아주 중요한 뜻을 지니고 있어. 월식이 일어날 땐 달이 지구에 가려 모두 어두워지거든. 녀석들은 달의 멸망을 빗대어 월식 때 그녀를 처형하려고 하는 거야."

"아, 그렇구나. 그런데 어두워지면 사람들이 칼레리나가 처형당하는 것을 보지 못하잖아요. 그러면 구출하는 일이 훨씬 쉬워지겠네요."

"그러게 말이다. 녀석들…… 무슨 꿍꿍이인지."

노빈손과 돈 쥐어반니가 속닥속닥 이야기를 하는 것을 본 외계인 하나가 큰 소리로 다그쳤다.

"너희들 거기서 놀고 있을 거야? 빨리 돌덩이 안 나를 거야?"

식어 버린 다이아몬드

제단 위를 향해 조그맣게 열려 있는 돔으로 눈부신 햇살이 들어오고 있었다. 광장에 모인 시민들은 정말 오랜만에 보는 햇살에 연신 탄성을 질러댔다. 항상 보던 태양을 보지 못하면 당연히 몸에서 기가 빠지기 마련. 새로운 기운을 충전받은 듯 기쁨의 환호가 이어졌다. 노빈손은 그런 카오실리아 공화국의 시민들을 보면서 가슴 한구석이 아려 왔다. 가장 기본적인 권리를 누리지 못하는 시민들의 얼굴에선 어두운 그늘이 쉽게 사라지지 않았다.

지구가 서서히 태양을 가리기 시작하는지 햇빛은 조금씩 잦아 들었다. 노빈손은 어두운 곳에서 어떻게 처형을 하려고 하는지 이해가 되지 않았지만, 어두울수록 칼레리나를 데리고 가는 것이 쉽기 때문에 내심 속으로 쾌재를 부르고 있었다.

그때였다. 투명하게 빛나고 있던 다이아몬드에서 별안간 푸르스름한 형광 빛이 나기 시작했다. 그와 동시에 지구는 완전히 태양을 가렸는지 햇빛이 사라져 버렸다. 노빈손은 깜짝 놀라 돈 쥐어반니를 쳐다보았다.

“아저씨! 어떻게 된 거예요? 왜 멀쩡한 다이아몬드에서…….”

“글쎄, 어쨌든 큰일이네. 이렇게 되면 다 보여 버리잖아!”

노빈손 일행이 안절부절못하고 있는 사이 집행관들은 칼레리나가 매달려 있는 제단으로 서서히 올라오기 시작했다. 아무리 강심장을 가진 사람이라고 해도 교수대에 매달려 있는 상황에서는 자제력을 운운할 수 없으리라. 칼레리나의 눈은 서서히 떨리고 있었고 그 시선은 노빈손을 향해 있었다. 노빈손은 눈앞이 깜깜해지기 시작했다. 이런 건 계산에 넣지 않았는데……. 하지만 어떻게 해서든 그녀를 구출해야 했다.

다이아몬드, 다이아몬드라…… 아!

순간 노빈손의 머리 속으로 한 가지 영상이 스쳐 지나갔다. 그것은 다름 아닌 과학 전람회장. 그 곳에서 신기한 광경을 보고 멈춰서 한참을 구경했던 기억이 떠올랐다. 사방이 유리벽으로 된 박스 안에 형광 빛을 내는 보석이 있어서 신기한 듯 한참을 바라봤었지. 유리벽 아래에는 ‘자외선을 쬔 다이아몬드 원석’이라고 쓰여 있었다. 역시, 난 위기에 강하단 말이야.

“돈 쥐어반니 아저씨! 자외선이에요, 자외선.”

자외선 차단지수 SPF

SPF는 그 수치가 높을수록 자외선으로부터 피부를 보호하는 강도가 높다. 최근에는 SPF가 8에서 60에 이르기까지 다양한데, 그 차단 지수가 높을수록 좋은 제품만은 아니라는 사실. 자외선 차단지수가 높은 제품일수록 화학 성분이 많이 들어가 있어서 자칫 가려움증이나 알레르기, 피부염, 색소 침착 등을 일으킬 수 있기 때문이다. SPF 수치가 높은 선크림을 자외선이 나오는 곳에 바르다니, 역시 노빈손이다. 현실적으로 가능할지는 미지수!

"지금 이 급한 상황에 무슨 말이야, 또!"

"아, 글쎄 자외선이라니까요. 다이아몬드는 자외선을 쬐면 형광 빛을 낸다구요!"

"그래? 사실이야? 진짜야?"

"사실이고말고요. 확실해요! 어디서 자외선이 나오는지 확인 좀 해주세요!"

돈 쥐어반니는 급하게 주변을 둘러보았다. 한참을 두리번거리던 돈 쥐어반니는 어이없다는 듯 자신의 발아래를 가리켰다. 그 곳엔 친절하게도 '자외선 나오는 곳'이라고 쓰여 있었다. 노빈손은 회심의 미소를 지었다. 그러나 기쁨도 잠시, 그 곳엔 자외선을 멈추게 할 수 있는 어떠한 장치도 없었다.

"빈손아, 여기서 자외선이 나온다고 하는데 이걸 어떻게 안 나오게 하는 거야? 내 오랜 수사 경력도 이럴 땐 잠시 주춤할 수밖에 없는데 말이야."

"그, 글쎄요. 어떻게 해서든 안 나오게 해야 할 텐데……."

노빈손은 말꼬리를 흐리며 그 곳을 좀더 자세히 보기 위해 쭈그려 앉았다. 그 때, 주머니에서 튜브 같은 물건이 툭 떨어졌다.

"야, 이거야 이거!"

주머니에서 흘러나온 것은 선 크림이었다. 지구에서의 마지막 날, 자외선 노출지수가 높다는 뉴스를 듣고 가방에 챙겨 왔던 것이다. 노

빈손은 터져 나오는 기쁨을 참으며 돈 쥐어반니를 불렀다.

그때, 정적을 깨는 큰 소리가 들려 왔다. 목소리의 주인공은 제단 위에 서 있는 딸릴레이 따를레옹이었다.

"여기 매달려 있는 자를 잘 보거라. 반역의 최후란 이런 것이다. 우리의 위대하신 블랙혼 님께서는 반역을 제일 싫어하신다. 말머리성운파의 제군들이여! 오늘을 기억할지니라!"

딸릴레이의 말도 되지 않는 연설에 곳곳에 서 있는 우주 죄수들은 승리의 환호성을 질러댔다.

"월식으로 달 전체는 암흑으로 물들었다. 달은 우리의 것이다!"

외침과 함께 칼레리나의 발을 받치고 있던 제단 가운데가 무너져 내렸다.

우어어어어어어!

죄수들은 다시 야유인지 환호성인지 모를 괴성을 질러댔다. 노빈손은 혼란스러운 분위기를 타 재빨리 자외선을 쏘고 있는 구멍에 선크림을 마구 발랐다. 순간, 어지러울 만큼 현란한 형광 빛을 내던 다이아몬드는 차갑게 식어가기 시작했다.

"두 분, 아까 그 골목에서 봐요!"

노빈손은 단말마의 소리를 지른 채, 제단 위로 뛰어올라갔다. 어둠 속에 휩싸인 광장은 혼란에 빠지고 있었다. 선 크림의 효과가 얼마나 갈까. 노빈손은 칼레리나를 매달고 있는 끈을 끊은 채 재빨리 관중들 속으로 사라졌다.

잠시 후, 일식이 끝나고 서서히 제단에 햇빛이 비치기 시작했다. 칼레리나가 매달려 있어야 할 제단 위에는 휑한 밧줄만이 덜렁거리고 있었다.

일식과 월식

일식은 지구로 들어올 태양빛을 달이 가리는 현상을 말한다. 일식 때는 태양과 지구 사이에 달이 들어가서 태양에 의해서 생기는 달의 그림자가 지구에 생기고, 이 그림자 안에서는 태양이 달에 가려진다.

달의 그림자에는 아주 어두운 부분과 덜 어두운 부분이 있다. 아주 어두운 부분을 '본영' 이라고 하고 덜 어두운 부분을 '반영' 이라고 한다.

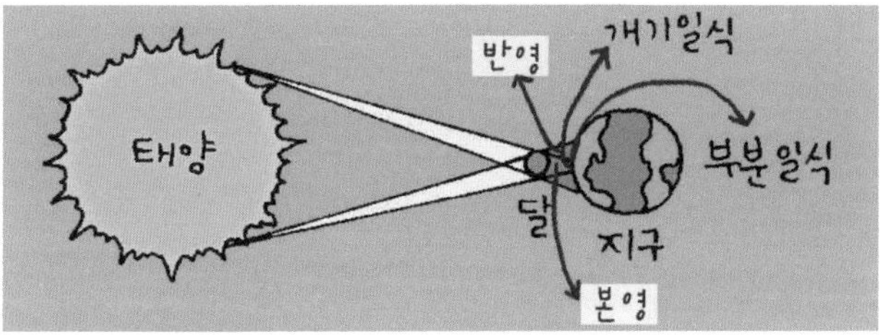

(개기일식) (한국, 일본의 부분일식)

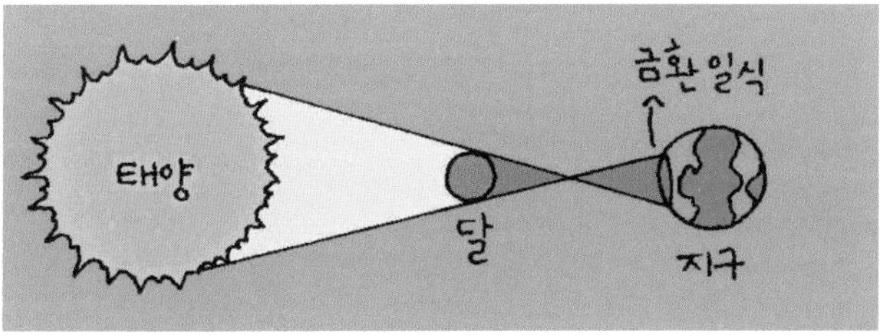

(금환일식)

지구상에서 관찰하는 사람이 본영 안에 있으면 태양이 전부 달에 가려지는 개기일식이 보이고, 반영 안에 있으면 태양의 일부가 달에 의해서 가려진 부분일식이 보인다. 관찰하는 사람이 위치한 곳에 따라 달이 태양을 가리는 정도가 다르기 때문에 부분일식은 관측 위치마다 다르게 관측된다.

달은 지구 주위를 타원 궤도로 돌고 있으므로 지구와의 거리가 일정하지 않다. 지구에서 달까지의 거리가 멀어져서 본영이 지구의 표면까지 미치지 못하는 때가 있는데 그러한 때에 본영의 원뿔이 연장된 곳에서는 태양이 달의 주위를 둘러싼 것 같은 금환일식이 보인다.

★개기일식의 진행 순서

① 태양의 서쪽에 어두운 달이 접근한다.
② 태양이 달에 완전히 가려지고 정적이 깔리며 태양 주위에는 코로나(태양 대기의 가장 바깥층에 있는, 희게 빛나는 부분)가 보인다.
③ 서쪽으로부터 태양이 다시 나타나기 시작한다.
④ 하늘이 천천히 밝아지고 코로나가 보이지 않게 되며, 달은 태양으로부터 떨어진다.

★월식

월식은 달을 비출 태양 빛을 지구가 가리는 현상을 말한다. 지구가 달과 태양 사이에 위치할 때에, 그리고 만월에만 일어난다. 그러나 달과 지구의 궤도가 약간 틀어져 있기 때문에 태양, 지구, 달이 일직선에 놓일 기회가 적다. 그래서 만월 때도 월식이 일어나지 않는 경우가 있다.

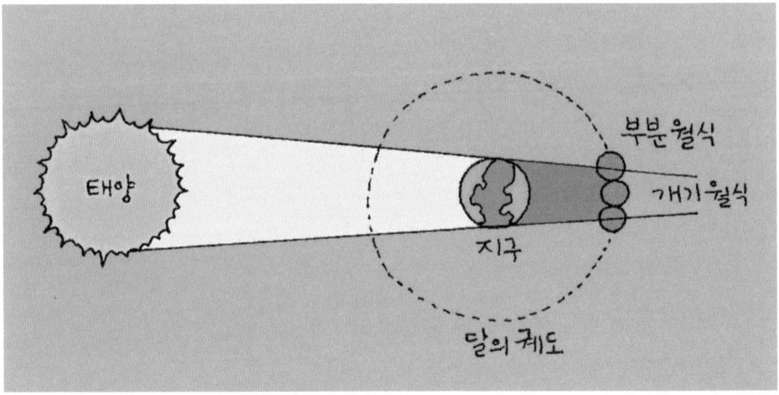

지구의 그림자에 달의 일부가 들어갈 때 부분월식이 일어나며, 달의 전부가 들어갈 때 개기월식이 일어난다. 이때 달은 지구에서 반사된 빛을 받아서 희미한 붉은색으로 보이기도 한다.

안도의 한숨

"휴, 십년감수했네. 괜찮으세요?"

광장에서 한참 떨어진 약속장소에서 발길을 멈춘 노빈손은 칼레리나를 살폈다. 그녀는 눈을 감은 채, 아무런 미동도 없이 노빈손에게 안겨 있었다.

"정신 차리세요!"

칼레리나는 감았던 눈을 살며시 뜨면서 주위를 둘러보았다.

"으음, 제가 살았나요?"

"살아 계시니까 지금 저랑 이야기하고 계시죠."

노빈손은 흐르는 땀을 닦아냈다. 그녀는 여전히 살아 나왔다는 것이 의아한 표정이었다.

"그런데 나머지 두 분은 어디에?"

"곧 올 거예요. 여기서 보기로 했거든요."

"아, 노빈손 씨, 정말 뭐라 말씀을 드려야 할지 모르겠네요. 감사해요."

칼레리나는 생명의 은인인 빈손을 바라보며 은혜를 잊지 않겠다는 말을 반복했다.

"아, 이 아저씨들은 왜 이렇게 안 오는 거지? 그나저나 아까 자외선에 너무 많이 노출되서 큰일이네. 이 백옥 같은 피부에 뭐라도 나면 어떡해. 난 피부로 먹고 사는데……."

노빈손이 얼굴을 만지작거리고 있을 때, 저 멀리서 돈 쥐어반니와 암석드롱이 헐레벌떡 뛰어오는 것이 보였다. 그들은 주변의 눈치를 살피더니 노빈손과 칼레리나가 숨어 있는 골목으로 잽싸게 들어왔다.

"헉헉, 성공했구나! 그나저나 칼레리나는?"

"네. 노빈손 씨 덕분에 살았어요. 여러분들은 제 생명의 은인이에요."

"무슨 그런 말을. 우리는 당연한 일을 한 것뿐이야. 너무 마음에 두지 마. 일개 죄수 녀석들이 우주연방 첩보국장을 처형하려고 하다니! 그나저나 이제부터가 문제네. 우리에 대한 감시가 더욱 심해졌을 터인데……."

돈 쥐어반니는 힘에 겨운 듯 중얼거렸다.

"아저씨! 이 정도 가지고 벌써부터 힘에 겨운 목소리를 하시면 어떡해요, 제 모험정신은 이제부터가……."

큰소리를 치던 노빈손은 밀려오는 피로에 한 발짝도 뗄 수가 없었다. 뜬눈으로 밤을 지새운 일정, 적에 대한 두려움, 그리고 서서히 찾아오는 밤의 차가운 공기에 온몸이 부들부들 떨려오는 것을 가까스로 참아내고 있었다.

노빈손 일행은 힘겹게 탈출을 하고 나서인지 모두 탈진된 상태였다. 그들에겐 쉴 곳이 필요했지만, 달의 도시 어디에도 그들이 쉴 공간은 없었다. 어디서 어떻게 다가올지 모르는 다음 시련에 밤을 지새우고 있었다.

좀비인간

"다들 일어나 보세요!"

칼레리나는 다급한 목소리로 노빈손 일행을 깨웠다. 그들은 어둡고 인기척이 전혀 없는 후미진 골목에서 웅크려 있었다. 칼레리나는 무언가 좋지 않은 낌새를 눈치챈 듯, 지금까지와는 사뭇 다른 눈빛을 뿜어내고 있었다. 그건 위기를 앞에 둔 여전사의 눈빛이었다. 그녀의 외침에 정신이 번쩍 든 노빈손 일행은 성급하게 일어나 주위를 살폈다.

좀비에 대하여
좀비란 원래 서아프리카의 부두(Voodoo) 족이 숭배하는 뱀의 신에서 유래된 말로서 살아 있는 시체를 뜻한다. 누군가에 의해 의도적으로 다시 살아난 좀비들은 정신 혹은 의식이 없이 본능에 따라 행동한다.

"무슨 일이야?"

"돈 쥐어반니 씨, 뭔가 사악한 기운이 느껴지지 않나요?"

"글쎄, 이거야 원 항상 안 좋은 일들만 일어나니, 어디다 정신을 두고 있어야 할지……."

"쉿! 죄수들이 많이 풀린 것 같아요. 불길한 느낌이에요."

"일단 뭐가 보여야 말이죠."

어둑어둑한 주변 때문에 아무런 형체도 보이지 않았다. 잠시 후, 서서히 어둠에 익숙해질 즈음 칼레리나는 낮고 굵은 목소리로 중얼거렸다.

"좀비……."

"뭐라구요? 좀비?"

"가만히 냄새를 맡아 보세요. 악취가 서서히 다가오는 것 같지 않

좀비의 특징

1. 좀비는 인간의 육체를 즐겨먹는다. 인육을 먹기 위해 살아 있는 사람을 습격하는 것이 좀비의 유일한 목적이다.
2. 좀비는 전염된다. 좀비에게 물린 인간은 좀비가 된다.
3. 좀비는 죽지 않는다. 이미 죽었기 때문에 당연한 일이지만, 아무리 상처를 입혀도 좀비는 계속 움직인다. 좀비의 활동을 막으려면 머리에 총을 쏘거나, 불로 태우는 수밖에 없다.
4. 좀비는 행동이 부자연스럽다. 양손 혹은 한 손을 든 채 어기적거리는 걸음걸이로 무리를 이루어 습격한다.

아요?"

"조, 좀비! 죽지는 않았지만 살아 있다고 할 수도 없다는 그 좀비라고요?"

노빈손은 칼레리나의 말에 깜짝 놀라 소리를 질렀다. 영화에 심심치 않게 등장하는 그들을 끔찍하게 봤던 기억이 떠올랐다. 노빈손의 머리 속에 있는 좀비는 상상을 초월하는 무시무시한 존재였다.

"네. 노빈손 씨가 상상하고 있는 그 좀비가 맞아요. 블랙혼이 죄수들에게 약을 투입해 만든 녀석들이에요."

쿠오오오— 스읍스읍—.

칼레리나의 말이 끝나기가 무섭게 코를 찌르는 악취와 함께 음산한 신음소리가 들려 왔다. 괴성은 하나 둘 천천히 들리기 시작하더니 시간이 지날수록 조금씩 가까워졌다. 노빈손은 주변에서 들려오는 음산한 소리에 귀를 틀어막았다.

"돈 쥐어반니 아저씨! 어떡해요! 우린 이제 다 죽은 목숨이라고요!"

"너 지구에 살면서 뭘 배운 거야. 하늘이 무너져도 솟아날 구멍은 있다는 속담도 몰라? 잠자코 있어 봐. 뭔가 방법이 있을 테니까."

그 순간, 골목의 어귀로 음산한 기운이 스며들기 시작했다. 노빈

손 일행은 서서히 다가오는 알 수 없는 실체를 몸으로 느끼며 불안에 떨었다.

"으아악!"

노빈손의 단말마 비명과 함께 골목으로 헤아릴 수 없는 그림자들이 드리워졌다.

잠시 후, 한 떼의 무리들이 보이기 시작했다. 그들은 얼핏 보기에는 다른 우주 죄수들과 별반 차이가 없어 보였지만 온몸에서 뿜어 나오는 진녹색의 가스와 양손을 쭉 뻗은 채 움직이는 부자연스러운 걸음걸이가 좀비임을 알려주었다.

좀비들은 서서히 노빈손 일행을 향해 다가오기 시작했다. 좀비들이 한 걸음 다가오면 노빈손 일행은 다시 한 걸음 물러서기를 반복하다 보니 어느새 막다른 골목 끝에 다다르게 되었다. 돈 쥐어반니는 주머니에서 총을 꺼내 장전하며 숨을 골랐다. 노빈손은 돈 쥐어반니의 옷을 잡고 떨었다.

"아, 아저씨! 어떻게 좀 해보세요!"

"이 손 좀 놔! 그래야 뭘 어떻게 할 거 아니냐!"

돈 쥐어반니도 신경이 곤두섰는지 노빈손의 손을 잡아채며 소리를 질렀다. 돈 쥐어반니의 악력에 노빈손은 벽에 내동댕이쳐졌다.

뭐야! 너무한 거 아니야? 아무리 그렇다고 이렇게 사람을 내동댕이 치다니. 노빈손은 기분 나쁜 표정을 숨기지 못하고 주춤주춤 일어섰다.

"아얏!"

노빈손은 일어나다 말고 무엇인가에 발이 걸려 다시 넘어지고 말았다. 무릎을 어루만지면서 자신을 넘어지게 한 것이 무엇인지 쳐다보았다. 그것은 다름 아닌 빨간 망토였다. 아, 빨간 망토. 신들리메다라는 노인이 내 박카스와 바꿔간 거잖아. 이걸 썼을 때 무지 빨라졌었는데……. 아! 이걸 사용하면 이 녀석들한테서 도망갈 수 있겠구나.

"저기요! 빨간 망토를 사용하면 돼요! 이걸 뒤집어쓰면 무지 빨라진다구요!"

노빈손의 외침에 모두들 어리둥절한 표정이었다. 그 사이, 좀비들은 노빈손 일행의 바로 코앞까지 와 있었다. 노빈손은 빨간 망토를 멋지게 휘둘러 모두의 몸을 감싼 후 크게 소리쳤다.

"빨라져라!"

그러나 처음에 빨간 망토를 썼을 때처럼 주변의 광경이 느려지면서 자신이 빨라지는 듯한 그런 느낌을 전혀 받지 못했다. 불과 몇 발자국 앞의 좀비들은 맛있는 식사를 앞에 두고 입 안의 기다란 촉수들을 꺼내고 있었다.

"빨라져! 제발 빨라지라니깐. 너, 왜 이러니."

노빈손의 간절한 외침에도 망토는 그저 조용하게 펄럭일 뿐이었다. 식사 준비가 다 끝난 좀비들은 노빈손 일행을 향해 긴 팔을 휘감듯 내뻗었다. 질끈 눈을 감은 모두의 비명과 함께 갑자기 암석드롱의 굵은 목소리가 울려 퍼졌다.

"빨간 망토 차우차우, 그 빛이 발하리라."

주술로써 사람을 다시 살린다고?

좀비 만들기는 주술이나 마법을 통해서가 아니라 특수한 약을 사용해서 이루어진다고 좀비학자들은 말한다. 그 약은 사람을 가사 상태로 만들어서 다른 사람들이 보기에는 죽은 것처럼 알게 만든다고 한다. 약의 주성분으로는 복어의 독인 테트라도톡신이 사용되는데 테트라도톡신은 체중의 약 50만 분의 1만으로도 그 동물을 치사시킬 수 있을 정도로 강한 독이다.

의욕을 잃은 일꾼들

노빈손 일행은 소나기 속을 빠져나온 사람들처럼 기진맥진해서 주저앉았다. 노빈손은 헐떡거리며 바닥에 떨어진 빨간 망토를 주섬주섬 챙겼다. 망토는 좀비들에게서 도망쳐 나올 때 그들의 손에 걸렸는지 너덜너덜해져 있었다.

밤하늘은 왜 어두울까

소리나 빛이 발생하는 곳과 관측자와의 상대 속도에 따라 진동수에 차이가 나는 현상인 도플러 효과는 여러 가지 현상을 발생시키는데 밤하늘이 어두운 것도 관련된다. 기차가 다가오면 진동수가 커지고 파장이 짧아져 그 소리가 고음으로 들리고, 지나쳐 가면 진동수가 작아지고 파장이 길어져 음의 높이가 낮게 들리는 것이다. 이와 같은 원리로 지구에서 매우 빠르게 멀어져 가는 별에서 나오는 빛은 진동수가 작고 파장이 길어지면서 적색 빛을 띠게 된다. 이 현상이 심해지면 천체로부터 나오는 빛은 적외선이나 전파 등 파장이 긴 쪽으로 바뀌게 되고 인간이 인지할 수 없는 형태로 전해지기 때문에 밤하늘을 밝게 할 수 없다.

얼마나 도망 온 걸까? 그들 주변 풍경은 아직 문명의 피해를 입지 않은 듯 고요했다. 군데군데 심어 있는 나무들과 드넓게 펼쳐진 초원, 그리고 잿빛의 공기. 무엇보다도 인기척 하나 느껴지지 않는 분위기가 삭막함의 절정을 보여 주고 있었다.

"여기가 어디쯤이에요? 너무 멀리 왔나……."

"여긴 카오실리아 공화국의 평원지대예요. 농경 사업에 투자하고 있는 곳이죠."

칼레리나의 대답이었다.

"아, 햇빛이 들어오지 않아서 그런가? 아무도 일을 하고 있지 않네요."

"햇빛하고는 상관이 없답니다. 평소 비축해 두었던 태양력으로 곡물들이 광합성을 할 수 있게 되어 있어요."

"아, 그렇구나. 지구에도 그런 것이 도입되면 농부들이 무지 편하게 일할 수 있을 텐데……."

"그렇겠죠."

대답을 하는 칼레리나의 목소리엔 힘이 없었다. 그녀의 눈치를 보며 암석드롱이 조용한 목소리로 말했다.

"대책회의를 해야 하지 않을까요?"

"그러자고! 그 좀비나 또 다른 것들이 어디서 어떻게 튀어나올지 모를 일이니까."

돈 쥐어반니는 지금까지의 모든 일들을 어느새 잊어버린 듯 기세 있는 목소리로 회의를 주도해 갔다. 그의 위기관리 능력은 정말 뛰어났다. 한참 티격태격하던 사람들은 결국 한 가지 결론을 도출해 냈다. 등잔 밑이 어둡다고 달을 파괴하려는 폭탄이 있는 곳으로 바로 가기로 한 것이다. 아마도 그 곳이 블랙혼의 본부일 것이다. 칼레리나는 그 폭탄은 이 곳에서 얼마 떨어지지 않은 곳에 있다고 했다.

목표가 정해지자 분주하게 움직이기 시작했다. 돈 쥐어반니는 자신의 무기들을 차례대로 꺼내어 정비를 했고 암석드롱은 국민체조를 하며 몸을 풀었다.

"엇! 다들 저기 좀 보세요!"

노빈손의 손가락이 가리키고 있는 방향엔 여러 명의 사람들이 일정한 간격으로 걸어가고 있었다. 그들은 어깨에 곡괭이 비슷한 것을 걸치고 있었다.

"와아! 드디어 달 시민들도 블랙혼에 대항하여 싸우려고 하는구나!"

노빈손은 그들을 보며 신나게 떠벌렸다. 하지만 그들을 쳐다보고 있는 칼레리나는 눈시울이 붉어졌다.

"히스테리아 시베리아나……."

"뭐라고요? 히스테리? 시베리아?"

"무서운 바이러스죠. 오랜 월식으로 인해 사람들은 빛을 보지 못해

히스테리아 시베리아나

무라카미 하루키의 《국경의 남쪽, 태양의 서쪽》이라는 소설에 나오는 병명이다. 시베리아의 농부들이 날마다 똑같은 일을 반복하다가 더 이상 견딜 수 없을 때 곡괭이를 팽개치고 지평선을 향해 서쪽으로 걸어가다가 어느 순간 걸음을 멈추고 밭고랑에 쓰러져 죽는다는 병인데, 소설 속에서는 무의미한 반복이 사람을 얼마나 무기력하게 만드는지 보여주기 위해 이 병을 가지고 왔다고 한다. 실제로도 이런 병이 있냐고? 설마…….

서 저렇게 팔다리가 썩어가고 흘러내리는 데도 고통을 느끼지 못하고 있어요."

"바, 바이러스?"

"네. 블랙혼이 이곳의 시민들에게 퍼트린 바이러스예요."

"어떤 증상이 나타나는데요?"

"기형이 되어 가는 거예요."

"자세히 보세요, 저들의 몸을. 뭔가 이상하지 않아요?"

그러고 보니 정말로 사람들은 팔다리에 검은 분화구처럼 구멍이 뚫려 있거나 피부에 검은 반점들이 가득했다. 그런데도 아무렇지 않은 듯 그들은 한 방향으로만 걸어가고 있었다.

"우주의 모든 생명체는 빛을 오래 받지 못하면 피부가 저렇게 되어가요. 하지만 문제는 더 큰 곳에 있어요."

"문제라면……?"

"그들의 내면에서 무엇인가가 죽어버리고 말아요."

"죽다니요? 무엇이?"

옆에서 망원경을 꺼내 그들을 바라보던 돈 쥐어반니가 말하기 시작했다.

"그건 아직 밝혀진 바가 없네. 동쪽 지평선에서 떠올라, 높은 하늘을 질러서 서쪽 지평선으로 기울어가는 태양을 매일매일 보던 사람들의 내면에서 갑자기 무엇인가가 뚝하고 끊어져서는 죽어 버리는 증상이지. 그리고 그대로 아무런 생각도 하지 않고 하염없이 서쪽을 향해서 걸어가는 거네. 태양의 서쪽을 향해서. 무엇에 홀린 듯이 며칠이고 아무것도 마시지 않고 먹지도 않고 줄곧 걷다가 그대로 땅에 쓰러져 죽고 말아. 팔다리가 썩어서 나중에는 형체를 알아보기도 힘들어."

"아, 무서운 거네요."

"블랙혼이 온 이후로 농부들은 그렇게 죽어갔어요."

"해결책은 없는 건가요?"

"불행하게도 해결책은 아직 없어. 블랙혼이 사람들에게 걸어놓은 주술 같은 바이러스가 풀리는 수밖에는."

병이라면 분명히 치유될 수 있는 약이 있는 법이었다. 하지만 블랙혼이 월식을 이용해 퍼트려 놓은 이 바이러스는 사람의 외형뿐 아니라 내면까지 황폐하게 하는 증후군이었다. 노빈손은 블랙혼의 무서움을 실감하게 되었다.

눈동자가 풀린 멍한 눈으로 어디론가 끝없이 걸어가는 농부들을 보는 칼레리나의 눈엔 눈물이 고였다.

시시각각 변하는 달의 모습

달이 지구 주위를 돌지 않고 같은 자리에만 있다면 달은 매일 같은 시간에 뜨고 같은 시간에 질 것이다. 하지만 달은 27.3일을 주기로 지구를 한 바퀴 공전하기 때문에 매일 50분씩 늦게 뜬다. 물론 지는 시간도 매일 50분씩 느려진다. 예를 들어 어느 날 달이 오후 8시에 지평선 위로 떴다고 가정하자. 지구가 24시간 동안 자전을 해서 같은 자리로 돌아왔을 때(다음날 오후 8시가 됐을 때), 이미 달은 지구를 공전했기 때문에 지구는 달이 공전한 만큼의 각을 더 자전해야 달이 뜰 것이다. 이 차이가 50분. 따라서 그 다음날은 8시 50분쯤 뜨게 된다. 같은 시간의 달을 관측하면 전날에 비해 서쪽에서 동쪽으로 움직여 있는 모습을 볼 수 있다.

잠입

칼레리나의 안내에 따라 온 곳은 허허벌판과 다름없었다. 노빈손은 아무것도 없는 벌판 위에 서서 물끄러미 주변을 둘러보았다. 눈에 띄는 것이라곤 틈틈이 자라 있는 풀이 고작이었다.

"이곳이 블랙혼이 있는 곳이라고요?"

"네. 맞아요. 이쪽 어딘가에 지하로 들어갈 수 있는 장치가 되어 있어요."

"지하 도시 속의 또 다른 지하라……."

칼레리나는 노빈손의 질문에 확신을 하며 위를 둘러보기 시작했다. 한참을 돌아다니던 칼레리나는 입구를 찾았는지 모두를 불러 모았다.

"여기예요!"

여기저기 흩어져 입구를 찾고 있던 노빈손 일행은 칼레리나가 소리친 곳으로 모여들었다.

그곳엔 조그만 숫자패드가 있었다. 노빈손 일행은 한참 동안 그 숫자패드를 보았다. 암호를 입력하라는 메시지만 숫자패드 위쪽에서 깜박거리고 있었다. 암석드롱은 이것저것 숫자를 눌러보려 했지만 칼레리나는 그의 행동을 막고 나섰다.

"몇 번 해서 실패하게 된다면 밑에서 누군가 눈치를 챌지도 몰라요. 신중하게 해서 한 번에 들어가야 해요."

"제 오랜 수사 경력을 떠올려 봐도 한 번에 맞추라는 법은 없는데요?"

"그렇다고 4자리 숫자 만 개를 다 눌러 보시려고요?"

"마, 만 개? 어떻게 만 개나 나와요. 제 오랜 수사 경력에 따르면 그 정도까지는……."

"공부를 조금 더 하셔야겠네요, 암석드롱 씨. 4자리 숫자를 ABCD 라고 놓았을 때, A에 올 수 있는 수 0~9 10개, B에 올 수 있는 수 0~9 10개, C에 올 수 있는 수 0~9 10개, D에 올 수 있는 수 0~9 10개. 이걸 다 곱하면 10x10x10x10으로 만 개라는 숫자가 나와요. 지구에서는 수학이라는 학문에서 이 공식을 '수열' 이라고 배울 텐데……."

"그렇다면 들어갈 수 있는 방법이 없잖아요!"

"지금부터 생각해 봐야죠. 어떻게 들어갈지……. 좋은 방법이 없을까요?"

블랙혼이 있는 지하 요새까지 와서 이 무슨 난관이란 말인가. 쉽지 않을 것이란 걸 미리 예상을 했었지만 입구에서부터 막히는 건 계획에 없던 시나리오였다. 탐정만화를 너무 많이 읽은 탓일까. 노빈손은 만화 속의 주인공이 된 듯 콧소리를 킁킁 내며 왔다갔다했다.

책에서 금고털이 범인은 지문을 찾아내어 금고를 따는 고단수 방

우주비행사들의 골다공증

무중력 상태의 우주 공간에 오래 있는 우주비행사들은 몸속 뼈 중량을 잃는 '우주비행사 골다공증' 에 걸리는 경우가 많다. 우주에서는 10일만 체류해도 더 빨리 늙으면서 인체 내 뼈 중량이 0.3~0.6% 정도 줄어드는 것으로 알려져 있다. 90년대 미르 호의 한 비행사는 오랜 우주 임무로 뼈 중량을 20%나 손실하고 이를 회복하지 못했다. 그래서 최근 우주비행사들은 우주비행 전에 20~55Hz로 진동하는 판 위에서 두 달간 매일 운동을 하고, 지구 귀환 후 뼈의 생성을 돕는 운동을 한다고 한다. 그러니 빛보다 빠른 우주선 안에만 있어야 젊음을 유지하겠지?

법을 썼었다. 거기까지 생각이 미친 노빈손은 갑자기 소리쳤다.

"알아냈어요! 어떻게 들어갈 것인지!"

"어서 말해 봐."

돈 쥐어반니는 기대 반 의심 반으로 노빈손을 보았다.

"일단 연필을 좀 찾고요."

노빈손은 자신의 소지품 가방을 뒤적거리더니 곧 몽당연필과 칼을 꺼냈다. 자신의 수사 경력 따위는 잊고 이제 암석드롱은 노빈손이 또 무엇을 할지 신기한 듯 바라보았다.

"노빈손, 절약 정신이 대단한걸. 몽당연필도 버리지 않고 쓰다니."

"아, 이건 몸이 간지러울 때 긁으려고 가지고 다니는 건데."

노빈손은 칼로 열심히 연필심을 긁어내기 시작했다. 그는 곧 손바닥 가득 연필심 가루를 만들어내며 흡족해했다.

"자자, 이제부터 노빈손 표 마술쇼가 시작됩니다. 잘 보세요."

노빈손은 한 손 가득 들고 있던 가루를 조금씩 숫자패드 위에 뿌려댔다. 어느새 손바닥 위에 있던 가루들은 숫자패드 위를 지저분하게 덮었다. 노빈손은 긴장된 표정으로 가루들을 후후 불기 시작했다. 그리고 잠시 후, 노빈손은 이상하다는 듯 말했다.

"어라, 지문들이 보여야 정상인데. 왜 숫자 하나밖에 표시가 안 되지?"

연필 가루들이 다 날아가고 미미한 흔적들이 숫자 0에 집중되어 있었다. 적어도 4자리 이상의 숫자가 나와야 암호를 푸는 상황에서는 의아할 수밖에 없는 노릇이었다.

"이거 혹시 초기 비밀번호 아니야? 0000 같은……."

돈 쥐어반니는 믿거나 말거나 숫자 0을 4번 꾹 눌렀다. 그러자 아무것도 없었던 땅 위로 요란한 소리를 내며 문 하나가 올라왔다. 노빈손 일행은 멍하니 올라온 문을 쳐다보았다.

"비밀번호가 0000이었다니…… 단순한 죄수 녀석들."

칼레리나는 어이없다는 듯 중얼거렸다.

"보세요. 그렇게 많은 숫자가 나올 리 없다고 말씀드렸잖아요. 저의 봉사 문고리 잡기 식의 수사는 미연방 수사국에서도 먹히는 대단한 수사 방식이었단 말입니다."

암석드롱은 큰 어깨를 들썩거렸다.

"일단 빨리 들어가자고. 언제 닫힐지 모르니깐."

블랙혼의 야심

"당연히 대장이 있는 곳은 맨 아래층이겠지?"

땅 위로 솟아오른 것은 문이 아닌 엘리베이터였다. 돈 쥐어반니는 지하 1층부터 63층까지 표시되어 있는 버튼들을 보며 물었다. 맨 아래층을 향해 엘리베이터는 무서운 속도로 내려가기 시작했다. 노빈손은 빙글 주위를 둘러보았지만 눈에 띄는 인기척은 느껴지지 않았다.

맨 아래층은 넓은 원형으로 만들어져 있었다. 어두운 지하에는 동그란 벽을 따라서 조그마한 방들이 셀 수 없을 만큼 많았다. 그리고 그 중앙에는 폭탄으로 보이는 커다란 돔이 있었다.

그때, 그나마 어둠을 조금이라도 없애 주었던 전등들이 하나 둘씩 꺼지기 시작했다. 그리고 잠시 후 스포트라이트가 그들을 비췄다. 노빈손 일행은 갑작스레 밝아진 빛에 눈을 제대로 뜨지 못하고 있었다. 주변 광경이 조금씩 흐려졌다.

짝짝짝 —.

적막을 깨는 박수소리가 들려 왔다.

"용케도 여기까지 왔구나! 기다리고 있었다."

박수소리의 근원지는 노빈손 일행이 서 있는 반대편의 환한 불 아래쪽이었다. 아직 눈의 기능이 제자리로 돌아오지 못한 노빈손은 형체를 알아볼 수가 없었다. 눈이 차차 밝은 빛에 적응을 하기 시작하자 반대편에 서 있는 박수소리의 주인공이 서서히 눈에 들어왔다. 노빈손은 좀 더 자세히 보기 위해 눈에 힘을 주었다. 이상하게 그를 쳐다볼수록 뭔가 알 수 없는 것에 빨려 들어가는 것 같았다.

"위험해요!"

칼레리나는 노빈손을 세게 밀쳐냈다.

"자세히 쳐다보지 마세요. 그를 계속 쳐다보면 그의 세계에 빨려 들어가고 말아요!"

노빈손은 야릇한 기분을 느끼며 정신을 차렸다. 그동안 느껴 보지 못한 기분이었다. 블랙혼의 몸은 무언가로 인해서 계속 회전하고 있었다. 처음에는 작았던 구멍이 계속 커졌다 작아졌다를 반복하고 있었다. 회오리 치는 모양새였다. 칼레리나는 입술을 깨물었다.

"저 자가 블랙혼이라는 자예요. 악질 죄수 중에 한 명이죠."

노빈손 일행이 당황하는 것을 보고 즐기고 있는지 블랙혼은 침묵을 지키고 있었다. 노빈손 일행이 안정을 찾을 때쯤, 블랙혼은 말문을 열었다. 그의 목소리는 넓은 지하에 쩌렁쩌렁 울렸다.

"여기까지 오느라 정말 수고가 많았다. 너희들의 노고를 치하하는 바다. 너희들이 하는 행동을 나는 모두 지켜보고 있었다. 미꾸라지 같이 잘도 빠져나가더군."

돈 쥐어반니는 그동안 블랙혼의 손바닥 안에서 계속 놀았다는 것이 분했는지 두 주먹을 불끈 쥔 채 대답했다.

"컴퓨터에만 의존하는 멍청한 외계인 녀석아. 직접 나설 용기가 그렇게 나지 않더냐!"

"수명을 단축시키는구나. 너희들의 살 날이 얼마 남지 않았다는 것을 모르겠는가. 곧 있으면 이 달과 함께 너희들이 사는 지구라는

행성도 산산조각이 날 거다. 나와 같이 쇼를 보고 싶다면 언제든지 환영이다."

"그렇게 쉽게 우리가 물러날 것 같으냐? 멍청한 족속들 같으니라고!"

돈 쥐어반니의 외침에 굳건히 서 있던 블랙혼은 잠시 흔들리는 듯했다. 그의 몸을 감고 있던 회오리들이 점차 거세졌다. 그 광경에 노빈손 일행은 흠칫했다. 노빈손은 돈 쥐어반니의 귀에 대고 조용히 속삭였다.

"아저씨, 왜 괜히 성질을 건드리고 그러세요."

"어차피 저 녀석을 쓰러뜨리지 않으면 우리에게도 희망은 없다고."

"어느 녀석이 머리가 멍청하다고 한 거냐! 말만 가지고도 이 블랙혼을 이길 수 있는 자는 절대 없다."

철컥— 철컥— 철컥— 철컥—.

블랙혼의 외침과 동시에 지하 요새는 시끄러운 소음으로 가득 차기 시작했다. 돔 모양의 폭탄을 둘러싸고 있던 작은 방들의 문이 일제히 열렸다. 그 곳에는 액체가 가득 담긴 커다란 유리관 안에 똑같이 생긴 괴물들이 있었다.

"하하하! 보이느냐, 이 웅장한 광경이! 이 블랙혼 님께서 손수 만드신 딸릴레이 따를레옹들이다. 나의 생각을 그대로 반영하는 최첨단 DNA가 첨부되어 있지. 수많은 나의 수하들이 전 우주로 날아갈 것이다. 이제 전 우주가 이 블랙혼의 발 아래로 들어올 날도 머지않았지! 푸하하!"

노빈손 일행은 충격에 휩싸였다. 어림잡아도 수백 개나 되어 보이는 저 우주선들이 전 우주로 날아간다니. 그것도 블랙혼의 야심을 그대로 전수받은 DNA를 지닌 채…….

유전자로 너의 존재를 이해하고 DNA로 너의 정체를 밝혀 주마

유전자는 생물의 모양을 만들기 위한 설계도이다. 부모에서 자식으로 그 모양과 성질을 전달하는 유전 정보의 단위다. DNA는 유전자를 구성하고 있는 물질을 말하는데 가늘고 긴 끈과 같은 것으로 세포핵 안에 한데 모여 있다. 인간은 이 끈과 같은 모양의 DNA가 64개로 나뉘어져 있고 그걸 하나로 연결하면 2m나 된다. DNA는 유전자를 구성하는 본체이기 때문에 다른 생물과 구별되는 특징이 있어 의학뿐만 아니라 범죄수사나 그 밖의 분야에도 요긴하게 쓰인다.

노빈손, 블랙혼과 정면승부하다

블랙혼. 그는 정말 철두철미한 자였다. 이 엄청난 계획을 수많은 사람들이 지나다니는 발 아래에 만들어 놓았다니. 칼레리나도 충격을 많이 받은 듯했다. 단지 달의 일만이 아닌 지구, 또 태양계를 넘어서 전 우주에까지 그가 야심을 품고 있을 줄은 생각도 못 했던 일이었다.

노빈손은 눈앞에 펼쳐진 광경들을 보고도 자신이 아무것도 하지 못하는 것에 대해 화가 나기 시작했다.

"이 멍청한 녀석. 몸이 흐물흐물하게 그게 뭐냐? 그래서야 제대로 걷기나 하겠어?"

"너 이 녀석! 입만 조잘조잘 살았구나."

"어차피 곧 죽을 거 말이라도 실컷 하고 죽어야지!"

"그래, 잘 생각했구나. 하하하! 그래도 네가 가장 배짱 있는 것 같다. 다른 녀석들은 말 한마디도 못 하고 있구나!"

칼레리나와 돈 쥐어반니 그리고 암석드롱은 자신들의 무기를 손에 꼭 쥐고 분을 삭이고 있었다.

노빈손은 조용히 속삭였다.

"저 블랙혼이라는 녀석, 의외로 멍청하고 화를 잘 내는 성격 같은데요."

"어떻게 알아?"

노빈손은 오목조목 설명을 했다. 블랙혼은 자신이 만든 딸릴레이 따를레옹이 분명히 자기 생각을 그대로 반영하고 있는 부하라고 했었다. 그렇게 되면 딸릴레이가 했던 말은 분명히 블랙혼의 머리에서 나온 생각과 똑같다는 결론이었다. 그리고 칼레리나가 감금되어 있던 방에서 본 딸릴레이는 멍청한 축에 들기에 충분했다.

노빈손은 자신이 뭔가 새로운 방법으로 블랙혼을 이길 수 있을 것이라는 근거 없는 생각이 들었다. 문제는 그의 말이 아닌 무력이었다. 그 무력을 어떻게 해결할 수 있을 것인가가 관건이었다. 하지만 펜이 칼보다 강하다고 하지 않았나. 노빈손은 밑져야 본전이라 생각하며 블랙혼에게 말싸움을 걸었다.

"이 해삼 같은 녀석아! 너 멍청하지?"

"뭐라고? 멍청하기는 누가 멍청하다는 것이냐?"

"누구긴 누구야. 널 보면서 이야기하고 있잖아."

"너 이 녀석, 죽고 싶어서 환장을 했구나."

"죽고 싶은 사람이 어디 있냐?"

"난 사람이 아니다. 따라서 감정이 없다!"

"그게 아니라 바보라서 모르겠지. 똑똑한 내가 다 이해할게."

"뭐라고? 이 놈!"

노빈손은 커다란 호통에 깜짝 놀라 블랙혼을 쳐다보았다. 블랙혼은 조그마한 리모컨을 손에 쥐고 있었다.

"더 이상 못 봐주겠군. 폭탄과 함께 날려 주마!"

그는 의미심장한 웃음을 지으며 리모컨의 버튼을 눌렀다.

자동 폭파 장치 작동 중! 카운트다운을 시작합니다!

낭랑한 여인의 목소리가 실내에 울려 퍼지며 지하 요새 한가운데 있던 돔 모양의 뚜껑이 열리기 시작했다. 그 안에는 영화에서나 볼 수 있을 법한 커다란 폭탄이 설치되어 있었다. 그리고 폭탄 아래에 있는 컴퓨터가 자동으로 실행되면서 5분의 카운트다운이 시작되었다.

"이 멍청한 녀석아! 말로 안 되니까 무력을 행사하는 거냐?"

"그래도 입은 아직 살아 있구나. 어떠냐, 이 블랙혼 님과 우주에 대해 이야기해 보는 것이. 누가 더 똑똑한지 겨루어 볼까? 남은 5분 동안 네 녀석과 한번 놀아 주지. 죽음을 앞에 둔 최후의 우주 상식 퀴즈 대결이라. 그것 참 재밌겠군."

"으으……."

크르르릉—.

블랙혼의 외침과 동시에 번개 치는 소리가 지하 요새 전체를 흔들었다. 그 순간, 요새 전체를 두르고 있는 작은 방들이 요란한 소리를 내면서 움직이기 시작했고, 그 충격으로 요새 벽에서 건물을 지탱하고 있던 돌무더기들이 떨어져 내렸다. 노빈손 일행은 고막이 찢어질 듯한 무시무시한 소리에 두 귀를 틀어 막았다.

잠시 후, 조그마한 방들은 우주선으로 변해 있었다. 노빈손은 수백 대의 우주선을 보며 절망에 휩싸였다. 컴퓨터의 작동으로 폭탄의 카운트다운이 시작되었고, 벽에 붙어 있던 우주선들도 일제히 출발을 준비하고 있었기 때문이었다.

칼레리나와 돈 쥐어반니도 더 이상 손 쓸 방법을 찾지 못했는지 자리에 털썩 주저앉아 버렸다.

"돈 쥐어반니 아저씨! 첨단 장비를 많이 다루시면 저 정도 카운트다운은 멈추게 할 수 있지 않으세요?"

"해 본다면 가능할지도 모르겠지만, 블랙혼 저 녀석이 폭탄을 해체하도록 가만히 놔둘까?"

"꼭 불가능하지만은 않아요. 저 녀석이 우주 상식 퀴즈 대결을 하자고 제안했잖아요. 제가 녀석과 대결하면서 주의를 끌고 있을 동안 해체를 하시면 되잖아요. 다른 방법이 없어요!"

노빈손은 목소리를 가다듬었다. 큰 소리를 내기 위한 워밍업이었다.

아아아아아아아아아아아아아아—.

"이게 무슨 괴성이야?"

블랙혼은 노빈손의 갑작스런 외침에 신경질적으로 반응했다. 그의 몸을 감고 있던 회오리가 점차 커지고 있었다.

"워밍업이야. 퀴즈대결하자며. 어서 먼저 시작해 보라고! 시간도 얼마 남지 않았는데."

"크크, 네 녀석의 그 빈 머리가 드디어 돌아가나 보구나. 좋다. 먼

우주선이 상처를 스스로 치료한다면?

네덜란드 유럽우주공학연구센터(ESTEC) 크리스토퍼 셈프리모슈니히 박사팀은 손을 베였을 때 피가 응고돼 보호막이 형성되면서 새로운 피부가 형성되는 현상에서 아이디어를 얻어, 상처를 스스로 치유하는 우주선을 연구 중이다. 우주의 진공 상태에서는 극심한 온도 변화나 빠른 속도로 날아다니는 작은 물체들 때문에 우주선에 균열이 생길 수 있는데, 이것은 치명적인 사고를 불러 오기도 한다. 만약 일단 궤도에 올라간 우주선은 수리가 불가능. 만약 이 연구가 성공하여 스스로 치료하는 우주선이 개발되면 장기간 우주 임무를 수행할 수 있을 것으로 기대된다.

저 시작해 주지."

블랙혼은 처음부터 어려운 문제를 내려는지 한참 동안 뭔가를 생각하고 있었다. 일 분 일 초가 아까운 상황에서 진도가 더딘 블랙혼을 보며 노빈손이 선수를 쳤다.

"왜 이렇게 오래 걸리는 거야! 혹시 벌써 문제를 까먹은 거 아냐?"

"으으, 열심히 한방을 생각하고 있었는데. 좋아, 상대해 주지. 첫 번째 문제다. 전 우주를 통틀어 가장 카리스마 있는 블랙혼은 몇 살일까?"

"그…… 그런…… 그게……."

"으하하, 의외로 게임이 빨리 끝나겠군!"

블랙혼은 재미있어 죽겠다는 듯이 회오리를 흔들며 킥킥거리기 시작했다.

"아, 생각났다. 세 살! 세 살 버릇 여든까지 간다고 넌 아직 세 살이지?"

"땡! 내가 화이트혼과 첫사랑만 이루었어도 너만한 증증증증증증증증 손자가 있겠다!"

노빈손은 어이가 없는 질문에 황당했지만 그런 걸 따질 틈이 없었다.

"잔소리 말고 두 번째 문제는?"

"흐흐, 알았다구. 긴장하지 마라. 음…… 이번엔 조금 쉬운 문제로 내주지. 무중력과 진공의 차이가 뭘까요?"

"아! 그거! 그게……."

노빈손은 생각이 날 듯 말 듯해 한참 동안 머리를 굴려 보았다. 이럴 때는 왜 잔머리도 움직임을 딱 멈추는 것일까. 우주에서의 시차 때문인지 갑자기 머릿속이 멍해졌다.

"잠깐!"

"왜?"

"전화 찬스!"

"전화 찬스? 크크 좋았어. 30초!"

우리 눈에 보이는 가장 가까이 있는 별은?

우리나라에서 맨눈으로 확인할 수 있는 별들 중에서 가장 가까이에 있는 별은 약 8.7광년 떨어져 있는 큰개자리의 시리우스이다. 이 별은 또한 우리나라에서 볼 수 있는 별들 중 가장 밝은 별이기도 하다.

노빈손은 혹시나 하는 생각에 후다닥 가방에서 휴대전화를 꺼냈다. 하루종일 인터넷만 하는 말숙이가 생각났기 때문이다. 하지만 우주에서도 휴대전화가 개통된다면 얼마나 좋을까? 안테나는 하나도 뜨지 않고……. 노빈손은 다급한 김에 소리쳤다.

"방청객 찬스!"

"생긴 대로 골고루 하는구나. 한 번뿐이니 신중하게 골라라."

노빈손은 폭탄을 해체하기 위해서 끙끙거리는 암석드롱, 돈 쥐어반니, 칼레리나를 유심히 바라보았다. 우주에서 가장 오랜 경험이 있는 돈 쥐어반니를 택할 것인지, 박사 출신의 칼레리나를 택할 것인지, 전직 FBI 요원이자, 우주비행사의 손자인 암석드롱을 택할 것인지 고민되었기 때문이다.

그때 암석드롱의 눈이 진흙 속의 진주처럼 반짝였다. 자신 있다는 저 표정!

"십 초 남았다. 십! 구! 육! 오……."

"암석드롱 아저씨, 도와 주세요. 급해서 그런지 생각이 안 나요. 무중력과 진공의 차이가 뭐예요?"

암석드롱은 씩 웃으며 대답했다

"무중력은 중력이 없는 거고 진공은 공간이 진동하는 거야!"

"확실해요? 그거 좀 이상한데."

"확실하다니까. 아름다운 답이라고 할 수 있지."

블랙혼은 어이없어했고 돈 쥐어반니와 칼레리나는 답답하다는 듯 고개를 좌우로 흔들었다.

"때~ 앵. 무식한 놈들! 도대체 우주는 어떻게 날아 온 거냐? 돌아가긴 하겠냐?"

노빈손은 머리를 쥐어뜯으며 절망적인 눈으로 암석드롱을 바라봤다.

암석드롱은 고개를 휙 돌리고 중얼거렸다.

"내 오랜 수사 경력은 객관식에서 빛을 발했는데……."

"무중력은 공간에 중력이 없는 것이고 진공은 공간에 공기가 없는 거예요."

칼레리나가 팔짱을 낀 채 안타까운 눈빛으로 말했다. 그제서야 노빈손은 무릎을 쳤다. 그러나 때는 이미 늦어 있었다.

블랙혼은 두 번째 문제까지 놓친 노빈손을 바라보며 말했다.

"노빈손. 이제 마지막 문제야. 심호흡 한번 해라. 어차피 못 풀겠지만……."

"누가 못 푼다고 그래! 자꾸 몰아부치니까 생각이 안 나잖아. 이상한 문제들만 내고."

상황을 지켜보던 돈 쥐어반니, 칼레리나, 암석드롱은 힘내라는 표시로 주먹을 불끈 쥐어 보였다.

노빈손은 이번엔 젖 먹던 힘까지 다해서 풀어 보리라 입술을 깨물었다.

"이번엔 찬스 없다. 네가 지금 발을 디딘 곳에서 네 고향까지, 걸어서 몇 발자국일까요? 히히, 너무 어려운가?"

노빈손은 머리속이 캄캄해지기 시작했다. 달에서 지구까지 거리도 가물가물한데 몇 발자국이냐니. 도대체 그걸 어떻게 계산하라는 걸까. 정말이지 블랙혼은 어디서 그런 문제를 생각해낸 것인지.

'천하의 노빈손이 이렇게 무너질 수는 없는데. 우주과학 상식 퀴즈 대회에서도 결승까지 간 실력인데…….'

"머리 속으로 걸어가 보고 있는 중이냐?"

블랙혼은 끙끙거리는 노빈손을 보며 혼자 낄낄거렸다.

'잠깐. 퀴즈대회 결승? 아! 지구에서 달까지 거리, 그게 문제였지!'

노빈손은 불현듯 무엇인가 떠올랐다. 그리고 잽싸게 앞으로 한 발짝 내디뎠다.

"거기 금 밟으면 장외 반칙이야! 방청객에게 다가가서 물어보면 안 되잖아."

블랙혼은 더 더욱 크게 웃었다.

"지구에서 달까지 거리는 38만km이고 내 보폭은 90cm니까 38만km를 90cm로 나누면 되지. 고로 답은 380억cm 나누기 90cm는 4

억 2천만 발자국! 맞지?"

"너는 지구까지 정말 걸어갈 수 있다고 생각하는 거야?"

"걸어가든지 안 걸어가든지 니가 신경쓸 바 아니고 계산은 확실해. 맞지?"

"그, 그건…… 맞긴 하겠지만……."

"왜? 내가 맞추니까 기분이 이상해?"

"이 문제를 누가 맞추는 일은 한 번도 없었어. 기분이 우울해지네……."

"그러니까 네가 지금 혼자 있는 거야. 친구도 없이. 그렇게 간단한 걸 가지고 말이야."

블랙혼의 몸에서 회오리가 커지고 있었다. 그것은 블랙혼이 점점 더 분노한다는 뜻이었다. 노빈손이 블랙혼과 퀴즈 대결을 하고 있는 동안, 돈 쥐어반니와 암석드롱은 폭탄이 설치되어 있는 컴퓨터를 붙들고 씨름 중이었다.

카운트다운은 이제 1분도 채 남아 있지 않았다. 돈 쥐어반니는 한참을 머리를 싸매며 카운트다운을 멈추기 위해 이것저것 시도를 해보고 있었다. 낭랑한 여자의 목소리가 다시 한 번 요새에 울려 퍼졌다.

카운트다운 30초 남았습니다! 카운트다운 30초 남았습니다!

블랙혼은 의미심장한 웃음을 지으며 노빈손을 보았다.

"흐흐, 덕분에 오랜만에 열을 좀 받았구나. 너희들에 대한 배려로 일부러 쉬운 문제를 골라서 냈다. 너희들은 끝난 목숨이거든! 나는 내 새끼들을 태운 우주선들과 함께 서서히 가볼 시간이 되었다. 이 구질구질한 달과도 이제 끝이군! 달을 폭파하고 나면 이제 새로운 본부를 어디에 세울까나? 어차피 지구는 달이 폭발하면 같이 망할 것이고. 아, 이 즐겁고 행복한 상상! 이제 전 우주는 내 꺼야!"

노빈손은 초초한 눈빛으로 돈 쥐어반니와 암석드룡을 보았다. 블랙혼은 그들이 컴퓨터 앞에 있다는 것을 아직 눈치채지 못하고 있었다.

카운트다운 10초 남았습니다! 카운트다운 10초 남았습니다!

이제는 낭랑하지도 않은 불길한 목소리가 울려 퍼졌다. 컴퓨터 앞에 앉은 돈 쥐어반니의 몸에서는 식은땀이 줄줄 흘러내렸다. 돈 쥐어반니 옆에서 가만히 지켜보고만 있던 암석드룡은 갑자기 마우스를 뺏어 쥐었다.

블랙홀의 나이

블랙홀은 최초 우주의 탄생과 함께 태어난 것도 있고, 질량이 매우 큰 별이 (태양 질량의 15배 이상) 진화의 마지막 과정에서 블랙홀이 되기도 한다. 우주 최초의 순간인 빅뱅에서 1초 이내의 시간에서는 우주의 상태가 초고온, 초고압, 초고밀도 상태였다고 한다. 이 순간 물질들의 밀도가 우주 전체에 골고루 분포되어 있던 것이 아니라 장소에 따라 차이가 있었기 때문에 평균 밀도보다 훨씬 높은 밀도를 가진 곳에서는 블랙홀이 생성되었을 것이라고 한다. 최초 우주의 탄생과 함께 태어난 블랙홀의 나이는 우주의 나이와 같지 않을까? 우주의 나이를 대략 150억 년으로 추정하고 있으니 블랙홀의 나이도 대략 150억 년?

"형님! 잠깐 비켜 보세요! 제 오랜 수사 경력에 의해 드리는 말씀인데 이거 그냥 컴퓨터 꺼버리면 안 돼요?"

돈 쥐어반니의 마우스를 뺏어 든 암석드롱은 카운트다운이 떨어지는 화면의 왼쪽 하단으로 마우스를 이동시켰다. 불길한 목소리의 여자는 부지런하게 카운트를 셌다.

10초, 9초, 8초 —.

암석드롱은 차분하게 시작 버튼을 누른 후 컴퓨터 종료를 지그시 눌렀다.

띠리 리 리 — 윈도를 종료합니다.

간단하고도 명료한 음악소리와 함께 카운트다운은 멈췄다. 그리고 요새 전체를 계속 뒤흔들던 우주선의 엔진소리도 거짓말처럼 사라져버렸다. 말 그대로 적막이었다.

"앗! 이, 이것들이 내 숙주들을……. 너, 너희들 다음에 만나면 가만히 안 둘 테다!"

블랙혼의 몸에서 심하게 요동을 치던 회오리들이 차츰 그 모습을 감추어 갔다. 그리고 단말마의 비명과 함께 블랙혼의 형체는 조금씩 희미해졌다.

노빈손 일행은 멍하니 블랙혼이 사라진 곳을 보았다. 모든 것이 끝난 것이다. 안도의 한숨을 내쉬던 노빈손은 갑자기 심상치 않은 기운을 느끼며 물었다.

"뭔가 흔들리는 느낌 들지 않아요?"

"엘리베이터로 뛰어! 무너진다!"

노빈손의 말이 끝나기가 무섭게 돈 쥐어반니가 소리쳤다. 아니나 다를까 요새의 벽에서 돌 조각들이 떨어지고 있었다.

구르르르르르르 ―.

얼마나 정신없이 뛰쳐나왔을까? 노빈손 일행은 지상에 발을 디딘 후, 주변이 조용해진 것을 느끼며 살며시 눈을 떴다. 그들의 눈앞에는 상상을 초월하는 거대한 구멍이 패 있었다. 지하 요새 전체가 무너져 내린 것이었다.

"이제 다 끝난 건가요?"

"그, 그런가 봐요."

아직도 어안이 벙벙한지 노빈손은 칼레리나의 말에 얼떨결에 대답했다.

"앗! 다들 주변을 한번 둘러봐!"

돈 쥐어반니의 외침에 둘러본 하늘. 우중충했던 돔이 아닌 밝은 해가 떠 있었다.

"우와! 이게 원래 달의 모습이었단 말이에요?"

칼레리나는 고개를 끄덕이며 노빈손을 와락 껴안았다.

"노빈손 씨! 정말 감사해요. 우주연방에서는 당신의 공로를 절대 잊지 않을 거예요."

"아으, 컴퓨터를 끈 건 난데……."

"저 노인네, 젊은 남자만 보면 난리야, 항상."

블랙혼을 없애는 데 크게 공헌을 했다고 생각한 암석드롱과 돈 쥐어반니는 노빈손을 얼싸안은 칼레리나를 보며 툴툴거렸다. 시들어가던 푸른 초목들이 울창하게 제 모습을 찾아가고 있었다.

I will be back!

"그런데 블랙혼이 왜 그렇게 쉽게 사라진 거죠?"

안정을 되찾자 노빈손은 컴퓨터가 꺼짐과 동시에 사라져 버린 블랙혼의 정체가 한없이 궁금해졌다. 돈 쥐어반니는 노빈손과 칼레리나의 포옹이 못마땅했는지 퉁명스럽게 대답했다.

"그것도 몰라? 컴퓨터가 꺼짐과 동시에 꺼졌으니 당연히 홀로그램이지. 우린 블랙혼 녀석의 계략에 완전히 말려든 거야. 실제 블랙혼은 우주 어디선가 발 닦고 편하게 쉬고 있겠지."

"아~!"

노빈손은 머리를 탁 치며 이제야 알았다는 듯 고개를 끄덕였다.

위이이잉—.

그때, 노빈손 일행은 요란하게 들려오는 우주선 소리에 하늘을 올려다보았다. 그 곳엔 UFO 한 척이 떠 있었다. UFO의 창 안으로 희미하게 블랙혼의 모습이 보였다. 노빈손은 깜짝 놀라 소리쳤다.

"엇! 블랙혼이다!"

"어랏! 홀로그램이 아니었나?"

노빈손 일행은 분명히 사라졌던 블랙혼이 자신들의 눈앞에 나타나자 당황했다. 블랙혼은 창문 밖으로 얼굴을 내밀고 외쳤다. 그의 얼굴은 아까와는 다르게 어딘가 부패되어 가고 있는 듯했다.

"이 녀석들! 감히 나의 꿈을 짓밟다니! 지금은 내가 그냥 물러나지만 다음번엔 가만두지 않겠다. 특히 너! 거기 머리 벗겨진 녀석!"

지구에 떨어진 운석 중 가장 큰 것은 어느 정도나 될까?

지금까지 알려진 운석 중에서 가장 큰 것은 미국 애리조나 주에 떨어진 운석이다. 지금은 운석 구멍만 남아 있는데 그 지름이 1.2km나 된다고 한다. 이 운석이 떨어진 시기는 대략 1만 5천 년에서 4만 년 전쯤으로 추정되는데 이 정도 구멍을 내기 위해서는 4메가톤의 핵폭발과 같은 에너지의 방출이 있어야 한다고 한다.

귀환은 힘들어!

2008년 4월 한국 최초 우주인 이소연 씨가 탄 귀환 우주선의 착륙 지점 일대에 불이 붙어 연기가 가득했다. 착륙 지점에는 충격으로 깊이 30cm의 구덩이가 파였으며 우주인 세 명도 착륙의 충격으로 한동안 정신을 차리지 못했던 것으로 알려졌다. 대기권 진입 후 귀환선은 자동으로 지상과의 일정한 각도(30도)를 유지해야 하는데 낙하산을 펴기도 전에 거의 수직에 가깝게 강하하면서 땅에 꽂혔기 때문이다. 우주인들은 2배 이상의 압력을 느끼며 고통스럽게 착륙했다.

"블랙혼, 어딜 도망가려고 하느냐!"

돈 쥐어반니는 살아 있는 블랙혼을 보자 총을 꺼내 들어 UFO를 향해 마구 쏘아댔다. 하지만 UFO엔 흠집 하나 나지 않았다.

"크하하, 그 정도의 총으로 나의 특수처리된 우주선을 뚫기란 하늘의 별 따기지."

그 와중에 노빈손은 블랙혼의 얼굴이 조금씩 망가져 가는 것을 보며 칼레리나에게 물었다.

"저기, 블랙혼 저 녀석. 얼굴이 왜 저러죠?"

"블랙혼은 빛을 가장 싫어해요. 그런데 지금 월식도 끝나고 돔도 걷히고 태양이 다시 모습을 보였으니, 그 영향 때문이 아닐까요?"

"그렇다면 녀석이 도망가기 전에 빛을 최대한 많이 쬐게 하면 거의 죽다시피 하겠네요?"

"그렇죠. 하지만 녀석을 없앨 만한 태양 빛을 지금 모으기란…… 블랙혼의 말대로 하늘의 별 따기예요."

노빈손은 블랙혼이 살아서 돌아간다면 언젠가 또 지구를 포함해 전 우주를 위험에 빠뜨릴 것이라 생각했다. 아, 이럴 때 정말 좋은 아이디어 하나 반짝 떠올라 주어야 하는데.

어라, 저건?

노빈손은 눈앞에 반짝거리는 어떤 것을 발견하고는 땅에 묻힌 그것을 자세히 쳐다보았다. 부서진 요새의 창문인가 했는데 그것은 거울이었다. 노빈손은 암석드롱을 향해 소리쳤다.

"아저씨! 저기 땅에 묻혀 있는 거울 좀 빼주세요."

암석드롱은 고함소리와 함께 땅에서 거울을 꺼내었다. 거울은 흙더미 밖으로 보였던 것보다 묻혀 있던 부분이 훨씬 많았다. 땅 밖으로 나온 거울은 위용을 자랑하며 햇빛을 반사시켰다. 블랙혼은 여전히 혼자 떠들어대고 있었다.

"이번엔 너희들의 승리라고 해두마. 하지만 난 다시 돌아올 것이다. I will be back!"

"그렇게는 안 되지! 이 곳이 네 놈 무덤이 될 것이다."

암석드롱은 푹 파인 구덩이를 가리키며 노빈손이 시킨 대로 커다란 거울를 집어 들었다. 거울에 반사된 태양 빛은 하늘에 커다란 빛 구멍을 만들었다. 그리고 그 빛은 곧장 블랙혼이 탄 UFO를 향했다.

"으악! 이게 뭐야?"

블랙혼은 얼굴로 비춰 들어오는 강한 빛에 눈살을 찌푸렸다. 그의 몸에서 일렁이던 회오리들은 조금씩 속도를 늦추었다. 블랙혼이 강한 빛 사이로 아래를 내려다보자 커다란 거울이 보였다. 거울에 비친 블랙혼은 본래의 모습을 잃

스페이스 펜

우주에서는 무엇으로 기록을 남길까? 볼펜? 우주비행사들은 무중력 상태에서 볼펜을 쓸 수가 없어서 실험들을 기록으로 남기지 못했다. 볼펜은 중력이 있어야 잉크가 아래로 흘러내려와 그것으로 글을 쓸 수 있기 때문이다. NASA는 우주 공간에서도 쓸 수 있는 볼펜 개발에 착수했다. 잉크가 든 대롱 뒤에 작은 압축공기탱크를 달아 중력 대신 공기의 압력이 잉크를 펜 끝으로 밀어 글씨를 쓸 수 있게 한 것이다. 얼마 뒤 미국의 우주비행사가 소련의 우주비행사를 만나 자랑스레 스페이스 펜을 꺼내 물었다. "이거 120만 달러를 들여 개발한 건데, 당신들은 우주 공간에서 뭘로 기록을 합니까?" 소련 우주비행사가 답했다. "우린 연필로 쓰는데."

어 가고 있었다.

“이 녀석들이! 으으, 이게 정녕 내 얼굴이란 말이야? 어서 출발, 출발하란 말이야!”

블랙혼은 UFO의 계기판을 마구 두드려대며 소리를 질렀다. 노빈손은 암석드롱을 도와 흔들거리는 UFO를 향해 계속해서 거울을 들이댔다. UFO는 점점 고도를 낮추며 흔들렸다. 위태롭게 몇 분을 저공비행하던 UFO는 전속력을 다해 공중으로 치솟았다.

“I will be back! 두고 보자! 반드시 돌아온다, 민둥머리 녀석아!”

블랙혼을 태운 UFO는 순식간에 흔적도 없이 사라졌다.

5부

아름다운 고향 지구로

노빈손 일행을 태운 월면주행차는 검은 연기가 모락모락 피어오르는 지하 요새를 뒤로하며 달렸다. 돈 쥐어반니는 우주 연방 창단 이래, 가장 강력했던 적이 사라졌다는 것이 아직도 못 믿기는 눈치였다. 노빈손은 매우 지쳐 있었다.

"이제 진짜 끝난 거죠?"

"그런 것 같다."

노빈손은 털썩 주저앉았다. 암석드롱은 노빈손을 보며 뾰로통하게 말했다.

"빈손아, 그런데 새로운 싸움이 시작될 것 같다."

"새로운 싸움이요?"

"너 볼에 있는 그거 말이다. 어떻게 할래? 지구로 돌아가면 여자 친구와 한바탕 하겠는걸?"

"볼? 무슨 뜻이에요, 아저씨?"

"뽀뽀 자국 한번 진하게 났구먼."

암석드롱의 일격에 돈 쥐어반니는 킬킬거렸다. 노빈손은 볼을 가만히 쓰다듬으며 장난스럽게 웃고 있는 돈 쥐어반니를 보았다. 지구로 돌아갈 것을 생각하니 왠지 서운했다. 문득 돈 쥐어반니가 지구인인데도 우주인으로 귀화한 사실이 떠올랐다. 우주에 불시착한 노빈손과 암석드롱을 살려 주었고 블랙혼을 처치하면서 함께 울고 웃고 했던 돈 쥐어반니. 짧지 않은 여정 속에 기적처럼 지구인을 만났다는 사실에 행복했던 노빈손이었다. 그런데 곧 헤어져야 한다니 섭섭한 마음이 들었다. 노빈손은 자신도 모르게 눈물이 핑 돌았다.

“얼씨구, 지구에 두고 온 여자친구 생각하니까 미안한 마음에 눈물이 앞을 가리나 봐!”

돈 쥐어반니는 눈물을 글썽이는 노빈손을 보며 깔깔대고 웃기 시작했다.

“그게 아니라구요! 돈 쥐어반니 아저씨, 같이 지구로 가요. 원래 지구인이셨잖아요.”

노빈손의 갑작스런 반응에 돈 쥐어반니는 당황하는 기색이 역력했다.

“그건…….”

돈 쥐어반니는 침통한 표정을 지으며 브레이크를 천천히 밟았다. 덜컹거리던 월면주행차가 그르렁 엔진이 꺼지는 소리를 냈다. 차 안의 분위기가 순간 싸늘해졌다.

“자꾸 그런 썰렁한 개그를 하면 아무 데나 내려 주고 칼레리나만 데리고 갈 거야.”

“아저씨도 지구에 가고 싶잖아요. 속마음을 숨기지 마세요.”

“우주에 자주 왕복하셨던 우리 할아버지도 지구가 제일 살기 좋다고…….”

“지금 뭐라고 했나!”

우주의 끝에는 무엇이 있을까

가장 빠른 속도인 빛의 속도로 약 150억 년을 날아가야 하는 곳에 우주의 끝이 있다. 우주의 끝에는 무엇이 있을까? 현재까지는 아무것도 없다는 의견이 대체적이다. 우주의 끝을 넘어서는 진공조차 없다. 우주의 끝을 넘어서는 ‘공간’이라는 것조차 존재하지 않는다. 아인슈타인의 상대성 이론에 의하면 공간이란 물질(질량)이 있어야만 존재하는 것. 우주의 끝을 넘어서는 어떤 물질도 존재하지 않기 때문에 공간도 없다. 한마디로 완벽한 ‘없음’의 세계라고나 할까. 그 곳을 떠올려 본다면, 그야말로 상상하기도 힘든, 묘한 느낌이지 않나?

암석드롱까지 가세하자 돈 쥐어반니가 버럭 화를 냈다.
“걱정하지 마세요. 불법 귀화로 신고는 안 할 테니까요.”
“나는 현상금 사냥꾼이야. 자네들도 팔아넘길 수 있다고!”
“그건 안 됩니다. 하하 농담이에요, 아저씨. 농담, 알면서—.”
암석드롱은 애교를 부려 가며 상황을 수습하려고 했다.
“이대로 아저씨를 두고 갈 순 없어요. 꼭 같이 가요. 네?”
천천히 다시 액셀러레이터를 밟으며 표정에 슬픔을 가득 담고 돈 쥐어반니가 말했다.
“이십 년 넘게 고장 난 우주선을 타고 우주의 허공에 혼자 떠 있는 기분이 어떤 건지 자네들은 모를 걸세.”
“물론 편지 한 통도 못 받아 보셨겠죠. 흑흑…… 암석드롱은 지금 슬픕니다.”
“그건 설명할 수 없을 정도로 참혹한 거야. 지구가 날 버렸다고 생각했어!”
“아니에요, 아니에요. 지구가 그럴 리 있어요?”
노빈손과 암석드롱은 마치 기다리고 있었다는 듯이 호흡을 맞춰 손사래를 치면서 반박했다.
“그렇게 말해 주니 고맙군.”
“뭘요!”
노빈손과 암석드롱은 보름달처럼 웃으며 돈 쥐어반니를 바라보았다.
“근데 도대체 자네들은 왜 날 갑자기 우울하게 만드는 거야! 도대체 나보고 어떡하라고?"

"같이 지구로 가시면 되죠!"

"뭐?"

"지구로 같이 가자고요! 지구는 아직 아저씨를 잊지 않았어요."

"정말 그래도 될까?"

돈 쥐어반니는 오랫동안 하지 못한 숙제를 다시 꺼내 푸는 듯 심각한 얼굴을 하며 고개를 흔들었다.

"물론이죠! 이 노빈손이 돈 쥐어반니 아저씨의 노후를 책임지도록 암석드롱 아저씨를 확실히 지도할게요!"

"하하하, 그것도 좋네."

세 남자의 호탕한 웃음소리에 놀랐는지 구석에서 내리 잠만 자던 칼레리나가 벌떡 일어났다.

"하암~ 잘 잤다. 어디쯤 온 거죠? 이렇게 용감한 지구 분들이 모여 있으니 너무 행복하네요. 블랙혼도 도망갔고 이제 당분간은 우주에 평화가 지속되겠어요!"

"아참, 칼레리나. 자네도 같이 가지 않겠어?"

"어디요?"

"지구, 꿈에 그리던 지구 말일세."

"지구! 얼마나 그리웠던 곳인가! 그 까이 꺼 가 보지 뭐."

달의 밤이 서서히 찾아오려는지 돈 쥐어반니의 발에 더욱 힘이 실렸다. 노빈손은 가방에서 포스트잇을 꺼냈다.

"돈 쥐어반니 아저씨! 잠깐 차 좀 세워 주세요."

"무슨 일 있나, 노빈손?"

노빈손은 포스트잇을 들어 보였다.

"이것과 함께 자랑스러운 발자국을 남겨야죠."

노빈손이 자랑스럽게 들어 보인 포스트잇에는 조그마한 태극기가 그려 있었다.

"그리고……."

노빈손은 차 뒤로 돌아가서 꼼지락거리더니 금방 나왔다. 어디선가 좋지 않은 냄새가 풍겨 왔다.

"이게 무슨 냄새야?"

암석드롱이 코를 감싸 쥐었다. 노빈손은 승리의 브이 자를 그려 보였다.

"달에 사는 외계인들을 위해 지구인의 생물적 특성이 담긴 특별한 선물을 남겼어요. '덩'이라는 이름의……. 세계 여행 때에도 가끔 했던 건데, 은하계를 여행하면서 당연히 남겨야 하지 않겠어요? 분명히 외계 역사에 남을 만한 사건이 될 거라고요."

낯선, 그러나 끝없이 동경하는 외계인 이야기

외계인은 정말 존재하는 것일까? 세계에서 처음으로 지구 이외의 천체에도 인간이 살고 있다고 주장한 사람은 16세기의 철학자 G. 브루노였다. 그의 독자적인 우주관은 이단이라 하여 끝내 화형에 처해졌다. 하지만 그의 생각은 그 후에도 뿌리 깊게 살아 있다.

다윈의 진화론과 새로운 태양계 기원설을 거친 후 최근엔 은하계에는 5~10억의 지구형 행성이 있다고 추정하고 있으며, 거기에는 지구인과 동등하거나 혹은 더 진보된 문명을 가진 외계인이 존재할 것이라 추측하고 있다. 이것은 단순한 공상이 아니라 어느 정도 근거 있는 과학적 추측이다. 외계인의 형태도 진화론으로 생각하여 우리 지구인과 닮은 형태, 즉 직립하며 머리에는 뇌와 눈, 코, 입, 귀 등의 여러 기관이 모여 있고, 두 팔과 다리를 가졌을 것으로 예상하고 있다.

이런 과학적 추측을 바탕으로 전 세계에서는 외계인을 보았다는 사람들이 쏟아져 나왔다. 이 칸을 빌어 그 동안 외계인에 대한 이야기들을 해볼까 한다. 과연 외계인은 존재할까? 지구를 찾아온 것이 사실일까? 믿거나 말거나…….

★로스웰 사건

가장 큰 논쟁을 불러일으킨 UFO 사건이다. CIA와 정부가 외계인에 관해 확보한 증거, 더 나아가 외계인과의 접촉 사실을 '비밀에 붙이자는 음모'를 꾸미고 있다는 미국인의 생각을 널리 퍼뜨린 사건이기도 하다. 자초지종은 다음과 같다.

1947년 7월 4일 미국 뉴멕시코 주의 소도시 로스웰에 폭풍우가 쳤다.

다음날 아침, 이상한 금속 파편들을 발견한 목장 주인이 신고했다. 7월 8일, 로스웰 육군항공기지는 "추락한 비행접시의 파편을 발견했다"고 발표했고, 〈로스웰 데일리 레코드〉 등 지방 언론이 크게 보도했다. UFO 논란 사상 가장 유명한 '로스웰 사건'의 시작이다.

발표 4시간 30분 만에 군은 "비행접시가 아니라 기상관측용 기구가 추락한 것"이라고 번복한다. 하지만 소란은 쉽게 가라앉지 않았고, 비행접시 기체와 인간형 외계인 시체 4구를 발견했다는 소문만 퍼졌다.

1995년 미 공군은 소련 탐지용 비행선이 추락한 것을 안보 상 숨긴 것이었다고 재번복한다. 같은 해 '로스웰 외계인 사체 해부 장면'이라는 동영상 두 편이 TV에 방영됐다. 한 편은 조작된 것으로 미항공우주국(NASA)이 밝혀냈지만, 다른 한 편의 진위는 확인되지 않았다.

사건 50주년인 1997년에는 미 국방부가 '로스웰 보고서 : 사건 종결' (종

231쪽)이라는 공식 보고서를 내서 의혹을 종결시키려고 했다. 지난 30년 동안 군사작전 상의 이유로 뉴멕시코 지방에 2000~2500개의 기구로 마네킹을 떨어뜨렸다는 것이다. 하지만 당시 발견자들이 인형과 사람을 구분할 수 없었겠느냐는 등 '음모론'은 아직도 계속되고 있다.

★ 외계인들의 위협

1967년 7월 27일 밤, 미국 오하이오 주의 한 도시에서 로버트 리처드슨은 어떤 물체와 충돌했는데 그 물체는 급히 사라져 버렸다. 그는 차를 멈추었다가 다시 출발하여 경찰에 신고했고 경찰은 그의 차에 남겨진 충격의 흔적에 관해 기록하였다. 다음날 그는 사고 장소로 되돌아와 이상하게 생긴 금속 조각들을 수거하였다.

같은 날 11시 30분, 두 명의 낯선 사람이 그의 집에 찾아와 사고 경위를 10분 동안 심문하였다. 그들은 오래된 검은색 캐딜락을 타고 떠났는데 그 차의 번호는 가짜로 판명되었다.

일주일 후 검은 옷을 입은 세 명의 남자가 리처드슨 집의 초인종을 울렸다. 그들의 영어 발음은 부자연스러웠고 그들은 리처드슨에게 충돌 사고는 없었던 사실이며 단지 그가 현기증을 일으켜 착각했던 것이라고 설득시키고자 했다. 그런 다음 그들은 그가 사고 현장에서 발견한 금속 조각을 내놓으라고 요구했다. 리처드슨은 마치 꿈을 꾸는 것 같았다. 그는 금속 조각에 관해 아무에게도 말한 적이 없었고 단지 그것을 분석하기 위해 실험실에 맡겼을 뿐이며 비밀 유지를 당부했다고 그들에게 말했다. 그들 중 한 명은 리처드슨에게 다음과 같이 협박했다고 한다.

"만약 그 조각들을 내놓지 않는다면 당신 부인은 불구가 되거나 아니면 살해될 것이오."

대한민국 대표 에듀테인먼트 《신나는 노빈손》 시리즈

노빈손. 그는 누구인가?
네 가닥의 머리카락을 휘날리며 혜성처럼 나타나 잡다하게 주워들은 지식으로 무인도에서 탈출하더니 아마존, 버뮤다에 이어 남극까지. 산전수전 공중전도 모자라, 1만 년 후의 미래, 진시황제가 다스리는 지하 진나라까지 갔다 온 그.
강인한 생활력과 펜티엄급 잔머리로 어려운 상황을 슬기롭게 헤쳐나가고, 따뜻한 인간미와 정의감으로 독자들의 마음을 사로잡은 멋진 남자. 과연 주변 사람들은 노빈손을 어떻게 생각하고 있을까?

▶ 로빈슨 크루소 따라잡기
무인도에서 살아남는 법을 재미있게 풀어낸 유쾌한 생활과학 입문서

원조 무인도맨 로빈슨 크루소
"무인도에 처음 떨어졌을 땐 어리버리하더니 과학을 이용해 물도 구하고, 불도 피우고, 오두막까지 만들어서 나도 놀랐다니까…. 나랑 무인도에서 좀 더 살면 좋겠는데…."

과학기술부 선정 우수과학도서 / 간행물윤리위 청소년 권장도서 / 한국출판인회의 청소년 추천도서 / 전교조 권장도서

▶ 노빈손의 아마존 어드벤처
아마존의 자연을 지키기 위해 환경 파괴꾼들과 벌이는, 노빈손의 숨막히는 한판승부!

아마존 자연 지킴이 마쿠나이마
"덜 떨어져 보이고, 아마존에 대해서도 도통 아는 게 없어 무시했는데 나중엔 저보다 더 아마존의 자연을 소중히 여기고 밀렵꾼들도 멋지게 해치운 진짜 좋은 형이죠."

환경부 선정 우수 과학도서

▶ 노빈손의 버뮤다 어드벤처
신비의 바다 버뮤다와 사라진 대륙 아틀란티스를 찾아 떠나는 노빈손의 대모험!

수중 왕국 아틀란티스의 후예인 반인반어의 공주
"노빈손이 오기 전까진 아틀란티스 왕국의 후예인 우리들은 서로 싸우고 미워하기만 했죠. 하지만 우리에게 닥친 이 저주를 풀기 위해선 서로 사랑하고 힘을 합쳐야 한다는 걸 깨닫게 되었죠. 노빈손 씨, 정말 고마워요."

▶ 노빈손의 남극 어드벤처
신비함과 오싹함이 가득한 미지의 땅, 남극 대탐험

남극에 다녀온 노빈손
"남극은 정말 미지의 땅이었어요. 깎아지른 얼음 절벽, 살을 에이는 맹렬한 추위. 죽음을 각오하고 남극 탐험을 했던 위대한 탐험가분들, 존경합니다."

▶ 노빈손의 봄 나들이
향긋한 봄내음이 물씬 묻어나는 기상천외한 나들이

지리산에서 양봉을 하는 말숙이의 사촌오빠
"긍게 거시기, 캠핑카를 타고 여행을 댕기다가 들렀다며 갑자기 찾아 와서 밥을 축 내더니 내가 없는 틈에 말숙이랑 내 꿀을 훔쳐먹다가 딱 걸려부렀지 뭐여. 음 말썽을 좀 부리긴 했지만 재밌었다니께. 빈손아, 형 장가간다!"

▶ 노빈손의 여름 사냥
여름에 관한 모든 것을 담은 잡학사전!

산에서 우연히 만난 산 할머니
"글쎄 나물하러 산에 올라갔는데 저 노빈손이라는 총각이 삼림욕을 한답시고 옷을 홀딱 벗고 있더라니까…. 나는 아무것도 못 봤어."

조선일보 · 소년조선일보 선정 좋은책

▶ 노빈손의 가을 여행
풍성한 가을이 그득한 계절백과사전!

황금면 빛나리의 이장님

"시인 총각이 우리 마을에 와서 나는 영광이었지. 그리고 그 멋진 바바리도 빌려줘서 가을 기분 엄청 냈지. 총각, 다음 가을에 또 놀러와!"

이달의 책 선정 청소년 권장도서

▶ 노빈손의 겨울나기
막강 추위를 녹여 버릴 화끈한 겨울 모험!

말숙이를 짝사랑한 유일한 남자

"말숙 씨는 저의 이상형이었어요. 빈손 씨만 아니었다면…. 저도 나름대로 과학 좀 한다고 동네방네 소문이 났는데 빈손 씨의 잔머리는 못 당하겠더라구요. 흑흑."

▶ 노빈손 에버랜드에 가다!
놀이공원에서 만난 과학!

동물원에 팔려간 치타를 찾으러 온 타잔

"놀이기구를 무지하게 싫어하더라구. 마지못해 말숙이라는 여자친구에게 끌려서 놀이기구를 타는데 어찌나 안 됐던지…. 얼굴이 사색이 됐더라니까."

▶ 노빈손, 아이스케키 공화국을 구하라 1, 2
소행성 충돌과 핵전쟁의 폐허 속에 건설된 인류 최후의 나라, 아이스케키 공화국. 1만 2003년 이 공화국에 위기가 찾아오는데….

아이스케키 공화국의 국회위원 넘발키네

"우리의 공화국을 구할 수 있는 사람이라고 해서 1만 년 전으로 가서 데리고 왔는데 너무 멍청하게 생겨서 실망을 많이 했었죠. 근데 울트라 슈퍼 막강 파워를 갖춘 적들을 물리치고 아이스케키 공화국을 구할 수 있는 메시지까지 풀었다니까. 노빈손 총각, 너무 멋져!"

▶ 노빈손 피라미드의 비밀을 풀어라
산 채로 미라가 될 뻔하더니, 피라미드 공사장에 가서 막노동까지 하게 된 노빈손. 고대 이집트엔 어떤 비밀이 숨겨 있을까?

이집트의 왕녀 크다만파트라

"얼떨결에 고대 이집트에 왔다고 하더라구요. 모두가 떠받드는 공주인 나를 구박하고 무시했지만 알고 보니 정의를 사랑하는 정말 멋진 남자더라구요. 저의 왕위를 찾아주기 위해서 고군분투하는 모습에 반했어요."

▶ 노빈손의 으랏차차 중국대장정
병마용갱을 통해 부활을 꿈꾸는 진시황제의 야욕은 과연 이루어질까?

입만 열면 모든 사람들이 다 현혹되고 마는 최고 달변의 약장수 할아버지

"멍해 보여서 데리고 다니면서 심부름 좀 시키려고 했더니 녀석 때문에 같이 진시황제가 다스리는 지하의 진나라로 갈 줄 누가 알았겠어? 에구 정말 죽을 고생했다니까… 지하감옥에 갇히질 않나, 생매장 당할 뻔하질 않나… 빈손이가 아니었으면 지금쯤 천국에서 약 팔고 있었을걸?"

▶노빈손, 티라노의 알을 찾아라
지구를 정복하려는 공룡인간들의 음모를 노빈손은 과연 막아낼 수 있을까?

성실한 공부벌레지만 틈만 나면 자대는 과학도

"사실 과학을 공부하는 학생들 사이에서 미스터리한 인물로 소문난 빈손이랑 공룡 세계에 가게 될 줄 몰랐어요. 복제된 공룡인간들에게 납치되었을 땐 얼마나 무서웠다구요! 그때 빈손이가 짠 하고 나타난 거예요!"

▶ Following Robinson Crusoe : 로빈슨 크루소 따라잡기 영문판
이제 영어로 노빈손을 읽어 보자!